倪匡奇情作品集
木蘭花傳奇
24
還魂
（含：復活金像、遙控謀殺）
倪匡
著

目錄

復活金像

遙控謀殺

【總序】

木蘭花 VS. 衛斯理——倪匡奇幻系列的兩大巔峰

秦懷玉

對所有的倪匡小說迷來說，《衛斯理傳奇》無疑是他最成功、也最膾炙人口的作品了，然而，卻鮮有讀者知道，早在《衛斯理傳奇》之前，倪匡就已經創造了一個以女性為主角的系列奇情故事，甫出版即造成大轟動，《木蘭花傳奇》遂成為倪匡眾多著作中最具特色與最受讀者喜愛的兩大系列之一；只因衛斯理的魅力太過強大，使得《木蘭花傳奇》的光芒被掩蓋，長此以往被讀者忽視的情形下，漸漸成了遺珠。

有鑑於此，時值倪匡仙逝週年之際，本社特別重新揭刊此一系列，希望藉由新的編排與介紹，使喜愛倪匡的讀者也能好好認識她。《木蘭花傳奇》是倪匡以筆名「魏力」所寫的動作小說系列。原載於香港新報及《武俠世界》雜誌，內容主要是以黑女俠木蘭花、堂妹穆秀珍及花花公子高翔三人所組成的「東方三俠」為主體，專門對抗惡人及神秘組織，他們先後打敗了號稱「世界上最危險的犯罪集團」的黑龍黨、超人集團、紅衫俱樂部、赤魔團、暗殺黨、黑手黨、血影掌，及暹羅鬥魚貝泰主持的犯罪組織等等，更曾和各國特務周旋、鬥法。

如果說衛斯理是世界上遇過最多奇事的人，那麼打擊犯罪集團次數最高的，即非東方三俠莫屬了。書中主角木蘭花是個兼具美貌與頭腦的現代奇女子，在柔道和空手道上有著極高的造詣，正義感十足，她的生活多采多姿，充滿了各類型的挑戰；她的最佳搭檔：堂妹穆秀珍，則是潛泳高手，亦好打抱不平，兩人一搭一唱，配合無間，一同冒險犯難；再加上英俊瀟灑，堪稱是神隊友的高翔，三人出生入死，破獲無數連各國警界都頭痛不已的大案。

若是以衛斯理打敗黑手黨及胡克黨就得到國際刑警的特殊證明文件的標準來看，木蘭花在國際刑警的地位，其實應該更高。

相較於《衛斯理傳奇》，《木蘭花傳奇》是入世的，在滾滾紅塵中演出令人目眩神搖的傳奇事蹟。衛斯理的日常儼然是跟外星人打交道，遊走於地球和外太空之間，事蹟總是跟外星人脫不了干係；木蘭花則是繞著全世界的黑幫罪犯跑，哪裡有犯罪者，哪裡就有她的身影！可說是地球上所有犯罪者的剋星！

而《木蘭花傳奇》中所啟用的各種道具，例如死光錶、隱形人等等，一如倪匡慣有的風格，皆是最先進的高科技產物，令讀者看得目不暇給，更不得不佩服倪匡驚人的想像力。

尤其，木蘭花等人的足跡遍及天下，包括南美利馬高原、喜馬拉雅山冰川、北極、海底古城、獵頭族居住的原始森林、神秘的達華拉宮及偏遠隱密的蠻荒地區等，讀者彷彿也隨著木蘭花去各處探險一般，緊張又刺激。

《衛斯理傳奇》與《木蘭花傳奇》兩系列由於歷年來深受讀者喜愛，書中主要角色逐漸由個人發展為「家族」型態，分枝關係的人物圖越顯豐富，好比《衛斯理傳奇》中的白素、溫寶裕、白老大、胡說等人，或是《木蘭花傳奇》中的「天使俠女」安妮和雲四風、雲五風等。倪匡曾經說過他塑造的十個最喜歡的小說人物，有三個在木蘭花系列中。白素和木蘭花更成為倪匡筆下最經典傳奇的兩位女主角。

在當年放眼皆是以男性為主流的奇情冒險故事中，倪匡的《木蘭花傳奇》可謂是開創了另一番令人耳目一新的寫作風貌，打破過去女性只能擔任花瓶角色的傳統窠臼，以及美女永遠是「波大無腦」的刻板印象，完美塑造了一個女版〇〇七的形象。猶如時下好萊塢電影「神力女超人」、「黑寡婦」等漫威女英雄般，女性不再是荏弱無助的男人附庸，反而更能以其細膩的觀察力及敏銳的第六感，來解決各種棘手的難題，也再一次印證了倪匡與眾不同的眼光與新潮先進的思想，實非常人所能及。

《女黑俠木蘭花傳奇》共有六十個精彩的冒險故事，也是倪匡作品中數量第二多的系列。每本內容皆是獨立的單元，但又前後互有呼應，為了讓讀者能更方便快速地欣賞，新策畫的《木蘭花傳奇》每本皆包含兩個故事，共三十本刊完。讀者必定能從書中感受到東方三俠的聰明機智與出神入化的神奇經歷，從而膾炙人口，成為讀者心目中華人世界無人能敵的女俠英雌。

復活金像

1 天使金像

安妮從醫院中走出來的時候，夕陽已然西下了，陽光從她的身後射來，使她的影子，在醫院的空地上，被映得又細又長。

雲五風的傷勢漸漸有起色，他已可以和安妮說話了。在護士的扶持下，他也可以下病床來走幾步，但是因為他當日受的傷實在太甚，是以至少還要進行三次手術，再休養上幾個月，他才能完全恢復健康。

安妮慢慢地走向車子，她的神情很憂鬱，那種憂鬱。對安妮來說，似乎是與生俱來的。當她不笑的時候，她就顯得那樣憂鬱。

她已不再是一個小孩子了，她才度過了十五歲的生日。雲五風還記得她的生日，每年安妮的生日，雲五風都有禮物送給她，今年雲五風在醫院中，自然沒有什麼好送的了。雲五風只是摘下了床頭花瓶上的一朵花，插在安妮的鬢際。

安妮幾乎每走上幾步，就伸手去摸摸那朵花。

她長得很高，正因為高，所以也顯得很瘦，是以她那一雙深沉的眸子看來也就格外深邃和美麗。

十五歲的少女，最多幻想，而所想的一切，也似乎都是朦朦朧朧，實際上都不存在的事，安妮也不例外。她覺得夕陽很美，又覺得自己長得出奇的影子，看來好像很詭異。

她走出了醫院的大門，一個老太婆來到了她的身前，叫道：「小姐！」

安妮停了一停，抬起頭來。

那老太婆傴僂著腰，拿著一根釘有一條橫木的枴杖。那橫木上，掛著許多金光閃閃的小天使像，看來很有趣。

那老太婆的臉上，滿是皺紋，她正勉力在她滿是皺紋的臉上擠出笑容來，道：「小姐，買一個金像吧，它會替你帶來好運的！」

安妮微笑了一下，順手取下了一個小天使像，付了錢，那老太婆道著謝，走了開去。

安妮一面望著那小金像，一面橫過馬路。

當她來到馬路中心的時候，一輛血紅色的跑車從不遠處的一條小巷中，突然以極高的速度轉了出來，一轉出來之後，仍然以極高的速度，向前衝了過來。

在剎那間，只聽得馬路兩旁的人行道上，都有人急叫道：「車啊！」

安妮陡地一怔，那跑車已衝到了她的身前。安妮已沒有法子避得過去了，她在剎那間，身子半轉，雙手按在跑車的車頭上。

這些日子來，她不但跟著木蘭花學習應變的知識，而且也學習著技擊上的一切本領，在她的雙腿痊癒之後，進步的更是神速。

當她的雙手一按住車頭之後，她人已騰身而起，跑車疾衝過來，安妮的身子翻上了跑車的頂，又滾過了車頂和車尾，滾跌在路上。

那輛跑車闖了禍，卻一停也不停，反倒速度更快，就在路上揚塵馳去，馬路兩旁的人都向路中心奔了過來。

剛才安妮的動作實在太快了，是以，路人根本沒有看清發生了什麼事，他們看到安妮跌倒在路中心，還以為安妮一定被車子撞倒了。

但是等到他們奔到了路中心，後來的幾輛車子也停下來時，安妮已經站起來了，她並沒有受什麼傷，那全是歸功於她的機警和敏捷的動作。

如果不是她在那不到十分之一秒的時間內按住了車頭，藉著車子向前衝來的那一股勢子騰身而起的話，她一定被車子撞死了！

看到安妮自動站了起來，路人倒放了心，有的在罵那駕車的人太胡作非為；有的勸安妮立即回到醫院中檢查一下，是不是受了內傷。

那在醫院門口，賣小天使金像的老太婆，握住了安妮的手，道：「小姐，幸虧你買了那金像，它會使你逢凶化吉！」

安妮才剛站起來的時候，氣得臉色青白，那輛車子的駕駛人，實在太豈有此理了，就算他不是故意來撞自己的，一見出了事，也應該停車才是，但是他卻什麼也不顧，就疾馳而去。

安妮的心中極是惱怒，她才從車尾翻下來的時候，已記住了那車子的車牌號碼，她決定要找到那駕駛人，好好教訓他一下！

安妮表示著自己什麼事也沒有，匆匆離開了現場，她來到了她的車子旁，上了車，直向警局駛去，她直來到了管理所有車輛的那一部門。

警局中的警官，幾乎都認識她了，所以，當安妮說出那輛車子的車號之後，不到十分鐘，她就得到了那車子主人的地址。

安妮在警局打了一個電話給木蘭花，說她要晚一點回來，木蘭花也沒有問她為什麼，當安妮離開警局時，天色已經黑了。

深秋時分，一到天黑，天氣就變得很涼，路上的行人，看來也格外有一種行色匆匆之感，安妮駕著車，照著那地址駛去。

那是一條很靜僻的道路，但是街道卻很寬闊，兩旁都是高高的圍牆，每一道圍牆，都圍著一幢精緻的洋房，給人一種與世隔絕之感。

安妮的車子停在兩扇大鐵門之前。

她才停下車子，便看到鐵門內的花園中，停著那輛紅色的跑車，那就是在黃昏時分，差點將她撞死的那一輛。

安妮冷笑著，心中暗忖，車子的駕駛人，現在或許正在回味他那種刺激的危險駕駛，或者也正在慶幸肇了事，卻能安然逃了過去。

安妮咬了咬下唇，她絕不肯放過那種冷血的、沒有人性的駕駛人。

她的神色變得很陰冷，她用力按著門鈴，尋思著一進屋子，便立時報警。

那屋子臨花園的一排，全是落地長窗，但是卻拉著白色的紗幔，是以只看到有柔和的燈光從紗幔中透出來，卻看不到客廳中的情形。

安妮不斷地按著鈴，他可以聽到門鈴聲從洋房的後面不斷地傳了出來，可是她按了又按，卻一直沒有人來開門。

安妮呆了一呆，她又繼續按了兩三分鐘，直到她肯定就算再按下去。也不會有人來開門了，她才後退了幾步，仔細打量了一下這棟洋房。

然後，她迅速地爬過了那扇鐵門，跳進了花園中，一直來到那輛跑車之前。

她伸手在車頭蓋上，按了一按。

車頭蓋還是熱的，這表示那傢伙才回來不久，大約不會超過十五分鐘。

安妮走上了兩級石階，來到了玻璃門前，她先將耳朵貼在玻璃門上聽了一聽，聽不到什麼聲響，然後，她就去移動那玻璃門。

門並沒有上鎖，安妮伸手一移就移開了呎許。

門一開，風吹了進來，將白色的紗幔捲了起來，安妮立時看到了裡面的情形。那是一個很精緻的客廳，客廳中沒有人。

安妮撩開紗幔，走了進去，大聲叫道：「有人麼？」

屋子中很靜，除了她一個人的聲音之外，並沒有人回答她，安妮轉著頭，四面打量著，當她看到了那個設在客廳一角的酒吧時，她陡地一呆。

她看到了一個人！

那人伏在酒吧的檯面上，他的一隻手還握著一隻酒杯，但是他卻伏著，一動也不動，看來像是喝醉了酒。

安妮冷笑著，向前走去。

當她來到了酒吧的前面時，她提高了聲音，喝道：「快起來，你差點將我撞死！我們一起到警局去，警方會解決這件事的！」

可是，那人仍然伏著不動。

安妮更是惱怒，伸手在那人的肩頭推了一推，那人的身子卻「咕咚」一聲，跌倒在地上，安妮不禁震動了一下，她已知道事情有點不尋常了！

因為那人跌了下去，倒在地上。

在那人和安妮之間隔著酒吧，安妮看不到他究竟是為什麼倒下去的，安妮一呆之後，立時繞到酒吧的另一端，這時，她才看清發生了什麼事！

那人已經死了，在他的胸口插著一柄匕首，只有柄露在外面！

那人上衣的口袋中，還露出一副駕駛跑車用的軟羊皮手套來，顯然，他就是那個駕車疾駛，險些將安妮撞死的人！

看到了那樣意料之外的情形，安妮也不禁呆住了。

她本來只想追查到那個作危險駕駛的人，使他受應有的懲罰而已，卻想不到會發現了一件謀殺案，而且，這件謀殺案還可能是在幾分鐘之前才發生的！

她雖然遇到了那樣的意外，但是，她卻也只呆了極短的時間，就立刻向一具電話走去，但當她拿起聽筒的時候，卻發現電話線已被割斷了！

安妮又呆了幾秒鐘，在那幾秒鐘內，她想到了許多事。

她想到，那一定是一樁有預謀的謀殺，凶手早就躲在屋子中，先割斷了電話線，等死者回來，然後下手，只怕才一下了手，凶手就溜走了。

自然，在那一瞬間，安妮還想到了許多的事，例如，何以那麼大的洋房中，只有死者一個人，連一個僕人都沒有？

又例如，何以凶器是在死者的胸前刺進去，而不是在死者的背後刺進去的？從凶器直沒至柄的情形來看，凶手的力氣一定很大。但是，何以死者一點也不反抗？甚至於他手中的酒也半點不曾瀉出來！

但是，那些疑點，在安妮的腦中都只是一閃而過。在發現電話線被割斷之後，安妮感到那寂靜的屋子中。似乎有一股異樣陰森的氣氛。

她也知道，她立即要做的事，就是離開屋子，通知警方！

是以，她立刻放下電話，退出了客廳，奔過花園，仍然爬出了鐵門。

那是一條十分靜僻的街道，並沒有店舖可以供她借用電話，安妮先到鄰近的一幢洋房中去借用電話，可是來應門的人，卻連門也不肯開，安妮請他們代打電話，他們也搖著頭，不肯答應。

安妮的心中雖然惱怒，但是各人自掃門前雪，似乎是大城市居民的通病，安妮也沒有別的辦法可想，只好回到車子中，駛著車子，直到遇到了一個電話亭，她才有機會通知警方。

警方答應立即派最近的巡邏車，到那洋房中去察看。

安妮也駕車到了那條街上，她一來一去，大約用了十分鐘，當她駛進那街道時，一輛警車也迎面疾駛了過來。

警車和安妮的車子，幾乎同時停在那洋房的門口。

安妮立時打開車門，下了車，自警車上，警員紛紛跳了下來，一個警官來到了安妮的身邊，道：「小姐，是你報的案麼？」

可是，安妮卻根本不去回答那警官。

因為一看到那屋子中的情形，她便呆住了！

首先，花園中那輛紅色的跑車不見了，而客廳中的光線也明亮得多，雖然還拉著白紗幔，但卻可以看到客廳中有不少人。而且，還有悠揚的音樂聲傳出來。

從那些人影移動的情形來看，有好幾對人正在跳著舞。

然而，這一切，怎麼可能？

如果是別人，一定會懷疑自己找錯了地方。

但是，安妮卻根本不必懷疑這一點，因為她很有自信，她知道自己是不會找錯地方的。剛才令她感到陰森的屋子，就是這一幢！

但是，為什麼前後不到十分鐘，就變成了這樣子？

那警官望著安妮，大聲道：「安妮小姐！」

安妮陡地怔了一怔，忙道：「是！是！」

那警官道：「剛才是你通知警局，說這裡發生了一件謀殺案？」

安妮的心中雖然亂，但是她的聲音卻十分鎮定，她道：「是的，我才在這屋子中，看到了一個死人，胸前中刀而死的。」

那警官皺了皺眉，又向那屋子看了一眼。

很明顯，那屋子這時的情形，絕對不像是曾經發生過謀殺案的樣子，不但那警官這樣想，所有的警員，也全是那樣想。

所以，一時之間，那些警員的臉上都現出很古怪的神色來。

那警官知道安妮是高翔的朋友，是以他有點無可奈何地聳了聳肩，道：「好，我們不妨去查問一下。」

他一面說，一面來到了鐵門之前，伸手在門柱旁的門鈴上按了一下，他才按了一下，玻璃門就移了開來。

玻璃門一開，歡笑聲、音樂聲聽得更是真切，白紗幔捲起，可以看到客廳中的情形。

看樣子，屋裡正舉行著舞會。

有不少人在跳舞，也有人在轟笑著談話，一個風度很好的中年人走了出來，他的手中還端著一杯酒。

他順手拉了門，當他看到鐵門外是許多警員的時候，他不禁呆了一呆，但是他仍然向前走來，一直來到門前，他才道：「什麼事？」

那警官也是感到十分難以啟齒。他先向安妮瞥了一眼，才道：「對不起，有人報案，在這屋子中，發生了一件謀殺案！」

「謀殺案？」那中年人陡地一呆，隨即笑了起來，道：「我明白了，那一定是羅都開的玩笑，這傢伙，最喜歡惡作劇了。」

安妮的眼睛睜得很大，她的心中亂成了一片，她完全不知道究竟發生了什麼事，但是她立即道：「不是，那是我報案的！」

「哦？」那中年人轉過頭來，用奇怪的眼光望著她。

安妮繼續道：「我才從這屋子離去，我離去的時候，這屋子中一個人也沒有，只有一個死人，好像一切全不同了！」

那中年人仍然望著安妮，然後，他緩緩地搖了搖頭，道：「警官先生，你認為應該怎樣？」

那警官的神情也很尷尬，但是他的回答卻十分得體，他道：「循例，既然有人報案，那我們一定要進去查看一下。」

那中年人道：「歡迎！」

就在這時，客廳的玻璃門又被拉開，幾個人的聲音一起叫道：「王通，你這個主人，溜到哪裡去了？招待不力，是要罰酒的。」

那中年人揚聲道：「我就來了，我有了意外的客人，有人報告我們這裡發生了謀殺案，正有大批警員要來查看啦！」

他一叫，不少人從客廳中走了出來。

而他也立時將鐵門打了開來，那警官首先道：「各位請與警方合作，回到客廳去，最好留在固定的位置不要動！」

隨著那警官，安妮和五六個警員也一起走了進去。

那些人很聽話，立時回到了客廳中。

在安妮、那警官和警員走進客廳時，音樂還在繼續著，那警官道：「請停止音樂，略為耽擱各位一下。」

音樂聲停了下來，客廳中很靜。

安妮一走進客廳，就發現那的確就是自己剛才離開的地方，那是決計不容懷疑的。她立時向那酒吧走去，酒吧後面沒有死人。

安妮的面色變得十分蒼白，她轉過身來，指著那酒吧道：「我進來的時候，一個人伏在酒吧上，我輕輕推了他一下，他就倒了下去！」

客廳中的每一個人，都只是望著安妮，並不出聲。

安妮感到自己陷進了一個極其孤寂的境地之中，她感到自己說的話，根本不會被這客廳中的任何人接納的！

但是，她還是堅定地說下去，她道：「那人倒下去，他的胸前插著一柄匕首，他已經死了，而且，我發現電話也不通！」

那中年人揚了揚眉，道：「什麼電話不通？」

安妮向那放置電話的小几上一指。

「這……」

可是，她只講了一句話，便突然怔住了！在那小几上，並沒有電話，在那裡的，只是一盆菊花！

那中年人又道：「小姐，我們的電話是在這裡，而且，歡迎隨時使用！」

他走到另一個角落，指著几上的那具電話。

客廳之中立時發出了一陣轟笑聲。

安妮的臉色更蒼白，她立時向那具電話走去，不錯，她還認識那電話，她伸手去拿那電話，當她將電話聽筒拿起來時，她立刻肯定：電話是通的。

安妮幾乎難以轉過身來，什麼都不對，一切像是一場惡夢一樣，就在這時，又一輛響著號的警車，停在屋子的門口。

安妮只覺得頭頸僵硬，當她勉強轉過頭。向外看去時，她看到謀殺案調查科的楊科長，帶著幾個探員，下車走了進來。

楊科長才一進客廳，那警官便立時走過去，和他低聲交談著，楊科長的臉上現出十分奇異的神情來，望著安妮。

然後，他來到了安妮的身前。

安妮知道他一定要問什麼的，是以她立刻用很堅定的聲音道：「我肯定我報案的一切全是事實，但現在，我看我們可以回去了！」

楊科長轉過身來，取出了他自己的身分證明，道：「請問，誰是屋子的主人？」

「我，」那中年人立時回答，「王通，今年三十四歲，尚未成親。」

他是板著臉，用十分嚴肅的神情在回答楊科長的問題的，可是忽然說了「尚未成親」四字，客廳中又響起了一陣轟笑聲。

楊科長顯得有點憤怒，道：「王先生，別開玩笑！」

王通揮著手，道：「警官先生，請先弄清楚，是你在開玩笑，不是我。我們好端端地在舉行舞會，你們衝進來，卻說發生了謀殺案！」

王通略頓了一頓，向安妮一指，道：「那位小姐說得這樣活靈活現，看來，她應該好好地去接受精神病醫生的檢查！」

楊科長又望了安妮一眼，但是當他看到了安妮眼中那種堅定的神色之後，他便沉聲道：「王先生，我們還是要檢查一下。」

王通笑著，道：「請便，那可以算是我們舞會中的一個特別節目，相信世界上任何舞會，都不會有那樣精采的插演了。」

楊科長並不出聲，來到了酒吧後面，幾個探員立時跟過去。一個探員迅速地在地上噴射一種乳白色的液體。

那是一種化學液，在曾經有過血的地方，就算經過細心的洗擦，但是只要一噴上那種化學液，原來有血的地方，化學液就會在幾秒鐘之內變成暗綠色。

當那探員在噴化學液的時候，王通叫了起來，道：「警官先生，我的地毯，鋪的時候，每方呎的價錢，是四十八元。」

楊科長注視著化學液，化學液是乳白色的，已鋪滿了酒吧後面的地毯，漸漸地，由乳白變為透明，迅速地乾了。

在由乳白色變成透明的過程中，卻沒有呈現暗綠色。

那證明在酒吧後面的地上，沒有血漬。

楊科長慢慢抬起頭來，道：「放心，王先生，這種液體並不會損壞你的名貴地毯，只要請你的僕人用吸塵器吸一下就可以了。」

「你們發現了什麼？」王通問。

「沒有什麼。」楊科長回答著，又用他銳利的目光，觀察著酒吧的一切，但是他卻發現不到任何可疑的地方。

他直起身子來，道：「對不起，王先生，我想這中間，略有一些誤會了，打擾了你們的舞會，實在很抱歉，請原諒。」

王通則是一副不在乎的神色，道：「不要緊，你可以再仔細查一查，看看屍體是不是還在這個屋子之中！」

當王通那樣講的時候，有幾個女人神經質地尖叫了起來。

就在這時，一個探員從酒吧的下面，拾起了一個金閃閃的小天使像來。

2 再死一次

一看到了那小天使像，安妮便是一怔。

那正是她在醫院門口買的！

她買了那個小金像之後，就差點被車撞死，接著，她便到警局，拿到了這裡的地址，然後，她就碰到了那死人，和一連串怪異的事。

她幾乎就要說這是她的東西，那證明她到過這屋子，那一定是她剛才俯身去察看那死者的時候，自她上衣的口袋中落下來的！

可是，她還未曾開口，王通卻已道：「啊，多謝你替我找到了這個，我失掉它已有兩天了，真想不到這樣的東西，還要勞動警方的人員才能找得到！」

安妮聽得王通那樣說，立時憤怒得漲紅了臉，叫道：「你在說謊，這是我的東西，楊科長，這證明我曾到過這屋子！」

王通大聲笑了起來，道：「小姐，你不是在開玩笑吧，這個小金像是珍妮給我的小玩意，珍妮，是不是？」

一個妖媚的女人扁了扁嘴，道：「如果這個看到過謀殺案的小姑娘說是她的，那就算是她的好了，有什麼關係？」

王通伸手，從那探員的手中，接過了那小金像來，他握著那小金像的鏈子在安妮的面前晃著，道：「對，你如果喜歡，就送給你好了。」

安妮一伸手，就將那金像抓在手中。

她的神情和語氣都十分鎮定，她冷冷地，緩緩地問道：「王先生，你說這金像是你的。請問，那金像是什麼人的像？」

王通陡地一呆。

自從他走出來開門以來，他的臉上一直擠著笑容，這還是他第一次發呆，但是，那一呆卻只是極短的時間，他立時又笑了起來。

然而，他卻也沒有回答安妮的這個問題，他只是巧妙地道：「你既然喜歡它，我可以將它送給你。」

但是安妮卻一點也不放鬆，她又道：「我在問你，那是一個什麼樣的人像！」

王通攤了攤手，道：「那有什麼關係？」

安妮提高了聲音，道：「回答我的問題！」

王通沉下了臉，道：「這算什麼？這裡是我的住宅，你們闖了進來，說發生了謀殺案，警官，我有義務回答這個神經不正常的女孩子的問題麼？」

楊科長搖著頭，道：「你可以不回答，但是這位小姐，絕對不是神經不正常，她是女黑俠木蘭花的小妹妹，安妮小姐！」

楊科長的那句話才一出口，客廳中響起了由許多人同時發出的「啊」地一聲。

安妮立時道：「楊科長，他說不出那是什麼來，那不是他的東西。」

王通道：「好了，不管她是誰，我們的舞會還要繼續。你們是不是還要繼續逗留下去，還是要將我帶到警局去問案？」

楊科長緩緩地道：「我們要離去了，現在，我們什麼證據也找不到，但如果這裡真發生過謀殺案的話，證據是一定可以找得到的。」

王通冷冷地道：「你們慢慢地找吧！」

楊科長揮了揮手，警員和探員一起退了出去。安妮仍然握著那小金像，道：「如果這是你的東西，你是不是想要回它？」

王通狠狠地瞪著安妮，道：「去見你的鬼！」

安妮冷笑著，她仍然握著那小金像，轉過身，就向外走去。

他們走出了鐵門，安妮才道：「楊科長，現在你相信我是到過這間屋子，發現過死人的了？」

楊科長「嗯」地一聲道：「我早就相信。」

安妮道：「我料到那姓王的一時間看不清那小金像的樣子，他只是看到探員找到了一樣不是屬於他的東西，就說是他的。那小金像是一個小天使像，他都說不出來，他在說謊！」

安妮一面說，一面攤開手掌來。

可是當她攤開手掌時，她卻呆住了。

在她手掌中的，並不是一個小天使的金像，那的確是一個金像，但是卻是維納斯女神像！

楊科長望了望那金像，立刻抬頭向安妮望來。

安妮忙伸手在衣袋中摸著，她立即在衣袋中摸出了她的那個小天使金像。兩個金像的大小是相仿的，顯然是同一個工廠的出品！

安妮和楊科長互望了一眼，他們兩人幾乎是同時說出來的：

「那是死者的東西！」

安妮忙又道：「我們再回去檢查！」

楊科長搖著頭，道：「不，我派人監視著他們，再回去查這房子的資料。我不相信他們能逃得過法網，現在去查，只有打草驚蛇！」

安妮道：「我可以保留這小金像？」
楊科長點著頭，向外走去。
安妮先駕車離開，楊科長帶著探員，也駛走了，但是一到街口，幾個探員便下了車，又回到這屋子的附近，在暗中監視著。
安妮則回到了家中。
當她走到客廳時，木蘭花和高翔正對坐著欣賞音樂。高翔一看到安妮，就道：「安妮，聽說你發現了一件謀殺案？」
安妮坐了下來，卻一聲不出。
高翔笑著道：「安妮，你也別學蘭花學得太像了，那件謀殺案怎樣，可是太神秘了，所以你才想賣一下關子？」
安妮也不禁笑了起來，她道：「神秘是的確很神秘，而且，還很豈有此理。我並不是在賣關子，而是在想，該從何處說起才好！」
木蘭花微笑著，道：「當然是從頭說起。」
安妮道：「好，從頭說起。」
她又停了片刻，然後，才將一切經過，詳詳細細說了一遍，木蘭花和高翔兩人，本來當安妮發現的，是一件普通的謀殺案，是以並不怎麼用心，可是安妮越往下說，他們就越是聽得津津有味。

最後，安妮取出了那兩個金像來，放在几上，道：「就是這兩個小金像，一個是我的，另一個極可能是那死者的！」

木蘭花拿起了那兩個小金像來，每一個小金像上，都連著一條細細的鏈子，那是一種很普通的玩物，可以掛在頸上，也可以拿來做鑰匙鏈子。

高翔首先道：「安妮，你可以說已具備了一個偵探的條件，王通給你一逼問，自然原形畢露，這件案子也容易破獲了！」

安妮皺著眉，道：「可是我始終不明白，我離開那屋子至多不過十分鐘，他們何以能在十分鐘之內改變了一切？」

木蘭花放下那兩個金像，道：「安妮，十分鐘的時間，可以做很多事情了！」

「可是那電話——」安妮猶疑地問。

「那電話，照你的敘述聽來，當時，你只是發現拿起聽筒之後，一點聲音也沒有。電話線被割斷，只不過是你的猜想，對不對？」

安妮點了點頭，道：「是的。」

「你實際上並沒有看到被割斷的電話線，只是在你的腦子中，憑猜想而構成了一項事實，安妮，這是任何從事偵查工作人員的大忌！」

木蘭花的話說得很重，但是安妮卻一點也沒有覺得難堪，她由衷地接受著木蘭花的批評，道：「是的，當時我太想當然爾了。」

木蘭花點了點頭，又道：「根據你的敘述，我推測那具電話，是裝有插頭的那種，是可以隨意搬移的，當你發現電話不通的時候，只不過是插頭被拔了出來而已。」

安妮點頭道：「可是那麼多人是哪裡來的？」

木蘭花望著她，道：「當時，你在客廳中發現了屍體，就去打電話，電話不通，你就立時離開，並沒有到屋子其他的地方去看一看，對不？」

安妮咬著手指，點了點頭。

木蘭花又道：「那樣，你就肯定屋子裡沒有人了？」

安妮的臉紅了一紅，沒有出聲。

木蘭花又瞪了高翔一眼，道：「高翔，你剛才說，安妮已具備了做傑出偵探人員的條件，但是照我看來。她卻一點也不夠資格！」

高翔也無可奈何地笑了起來，他道：「蘭花，那是你對她的要求太嚴，是以才會有這樣的評語的。事實上，她立即握住了那小金像，令王通無詞以對，使這件案子成立，有利於警方的慢慢偵查，已經是很不容易的事情了！」

木蘭花道：「不錯，這一點已是她的機警，但是我始終堅持我的意見，如果要做一個傑出的偵探人員，還要接受多方面的訓練！」

安妮吸了一口氣，緩緩地道：「蘭花姐，你說得對。」

高翔側著頭，道：「蘭花，那麼，你對於這件謀殺案的看法又怎樣？」

「我有幾個疑點，可以說就是案中的關鍵。第一，那死者死在酒吧的櫃內，那麼，他是自己去斟酒的，他應該是屋子的主人，而且，他的車子登記的地址，也是那屋子，為什麼屋子的主人會變成王通呢？這一點，不妨提供楊科長參考。」

高翔點著頭。

木蘭花又道：「還有，死者是胸前中刀的，不論他是在什麼部位中刀，他應該有血流出來，何以一點血漬也沒有？」

木蘭花說到這裡，向安妮望了一眼。

安妮皺著眉，道：「是的，那的確很奇怪，我當時只看到死者的胸前露出了刀柄，但是，並未曾看到任何血漬。唉，我當時應該好好視察一下的。」

木蘭花沉聲道：「現在，你甚至連死者的樣子都想不起來了，是不是？」

安妮一面咬著指甲，一面點頭道：「是的，我完全想不起來了，當時我只想到事情實在太意外了，根本未曾留意死者是怎樣的一個人！」

木蘭花搖著頭道：「那實在十分可惜。」

高翔道：「要不要我打個電話給楊科長，問問他調查到一些什麼？」

木蘭花道：「也好，這件謀殺案本來不關我們的事，但既然是安妮發現的，我們也可藉此來訓練安妮，告訴她，在遇到了意料不到的事情時，應該怎樣做；也可以告訴她，如何來發現疑點，掌握線索，直到整個案子都水落石出。」

高翔已在撥著電話，當電話通了之後，楊科長一聽到高翔的聲音，便問道：「高主任，你現在在什麼地方？我有事向你報告。」

「我在木蘭花家中。」

高翔才說了一句，楊科長已立即道：「我立刻就來。」

高翔還想再說什麼，可是楊科長已掛上了電話。

高翔呆了一呆，楊科長急於要向他當面報告，那自然是有什麼重要的事情，而且，事情也可能是和那件謀殺案有關。

看來，事情又有新的發展了！

木蘭花、高翔和安妮三人都不出聲，他們都在思索著，安妮更是不斷地咬著指甲，她自以為這件事做得很不錯，可是給木蘭花一分析，她卻一無是處！

她心中很懊喪，自己為什麼一看到了死者之後，不仔細地觀察一下，甚至連死者的相貌也記不住？

她竭力想記起死者的樣子來，但是卻一點印象也沒有。

她將當時看到有人伏在酒吧的櫃上之後，所發生的事詳細想了一遍，可是當時，她卻只注意到死者胸前的刀柄，和他上衣袋中的跑車手套！

安妮暗嘆了一聲，聽到有車子停在門口的聲音，她連忙奔了出去，打開鐵門，楊科長夾著一個文件夾，走了進來。

楊科長的神色很嚴肅，他走進客廳，招呼了高翔和木蘭花，就道：「我們已找到了王通的資料，他們兄弟兩人，開設了一家旅行社，業務很好。」

「兄弟兩個？」木蘭花問。

「是的，王通是哥哥，他的弟弟叫王達，他們兩人都未曾結婚，所以住在一起，那輛紅色的跑車，是屬於王達所有的。」

木蘭花和高翔互望了一眼，高翔立時道：「那樣說來，死者是王達了？」

「我們找到了資料之後，也是那樣猜想的，但是——」

楊科長講到這裡，略頓了一頓，苦笑了一下，道：「但是，我們再查下去，卻發現王達早在半年之前，便已經死了！」

楊科長的話，不但令高翔和安妮一起發出了「啊」地一聲，而且，使得木蘭花也揚了一揚眉，因為從種種跡象看來，那死者最可能是王達。

但是，王達卻早在半年前死了！

每一個人，都只能死一次，自然不會有什麼人，在死了之後再活過來，然後再死一次的。看來，這件案子更是撲朔迷離了！

木蘭花問道：「王達怎麼死的？」

「他死於車禍，在半年前一個午夜，王達和一些花天酒地的朋友，自夜總會出來，當他過馬路時，被車子撞死的。」

「警方有這件事的紀錄？」

「有的。」

「王達葬在什麼地方？」

「他是火葬的，」楊科長回答說：「喪事是由王通主持的，所以，死者不可能是王達，而是另一個人。還有一件很怪的怪事——」

楊科長說到這裡，又望了安妮一眼。

安妮欠了欠身子道：「楊科長，你只管說。」

楊科長道：「在王達死了之後，他那輛紅色的跑車，就一直交給車行代售，到現在為止，無人問津，還放在車行中！」

楊科長打開文件夾，取出了一張照片來，道：「這就是王達的車子，車牌的號碼，和安妮小姐所說的一樣的。」

安妮一伸手將照片搶了過來，她只向照片看了一眼，便道：「不錯，就是這輛車子，我差一點被這輛車子撞死！」

楊科長搖著頭，道：「這半年來，還沒有人駛過。」

木蘭花的眉心打著結，道：「那不成問題，同一色，同一型的車子，自然不止一輛，而假造一個車牌，也是十分簡單的事情。」

高翔立即道：「可是，那是為了什麼？」

沒有人回答高翔的那個問題，因為連木蘭花在內，根本沒有人想得出，那是為了什麼！

安妮突然道：「你可有王達的照片？」

「有！」楊科長又取出了一張照片來。

安妮接過了那張照片來，才看了一眼，她的臉色就變了，變得十分蒼白，人人都可以看出她臉上那種急劇的變化。

木蘭花忙問道：「怎麼了？」

安妮盯著那照片，又呆了好一會，才抬起頭來，她的聲音聽來很異樣，她道：「蘭花姐，這就是那個死者，就是胸前中刀的那個人！」

木蘭花和高翔兩人陡地吸了一口氣。

楊科長睜了睜眼睛，望著安妮。那是不可能的，可是安妮的臉色雖然蒼白，她的神情卻很堅定，看來，很清楚自己在說些什麼。

高翔忙道：「安妮，你剛才不是說，完全不記得那死者是什麼模樣的了麼？」

安妮道：「是的，我不記得死者的模樣，但是事實上，我是看到過死者臉面的，只不過我不能憑那一瞥說出死者的模樣來。但是現在，看到了這照片，我卻可以肯定我的印象，那死者就是照片中的人，一定是他！」

高翔向木蘭花望去，木蘭花淡然一笑，道：「現在，事情倒更有趣了。在半年前死於車禍，被火葬了的人，忽然又出現，再被謀殺一次！」

木蘭花說得很輕描淡寫，好像是在開玩笑一樣。

安妮不禁漲紅了臉，叫道：「蘭花姐！」

木蘭花搖了搖手，道：「安妮，我並不是說你的印象不可靠，但是事情卻實在太離奇了，楊科長，我認為需要調查半年前的那宗車禍。」

楊科長指著那文件夾道：「資料全在這裡。」

「請你大略將經過情形說一遍。」木蘭花道。

楊科長顯然已經對這宗車禍下了不少研究工夫。他根本不必翻查文件，便道：「車禍發生在凌晨一時，王達和四個朋友從夜總會出來，一輛車疾駛而來，將他撞出了十多碼，警方人員趕到時，王達已經斷了氣，那輛肇事的車子至今未獲。」

「警方人員是在出事後多久趕到的？」

楊科長翻閱了一下文件，道：「十二分鐘。」

「請說下去。」木蘭花說著。

「死者在證實死亡之後，就送到殮房。根據殮房的紀錄，王通是在第二天早上九時去認屍的，接著在當天就火化了。」

木蘭花道：「殮房自然也對死者拍了照？」

「是的，那些就是。」楊科長又取出了兩張照片來。

木蘭花接過了照片，才看了一眼，便立時皺起了眉，那是兩張任何人只看了一眼，就再也不想看第二次的可怕照片。

一張是全身，死者的手足都折斷了，頭顱幾乎撞扁；另一張則是臉部，五官都撞得歪曲，頭骨破裂，根本沒有可能辨認出他是什麼人來。

木蘭花又道：「照這兩張照片看來，死於車禍的人，不一定是王達，有可能是另一個人，警方肯定那是王達，全是由於另外四個人的證供！」

楊科長略呆了一呆，道：「可以那麼說，那四個人，是從夜總會和王達一起走出來的，他們眼看王達被車子撞倒的。」

「如果那四個人是串通在說謊？」木蘭花問。

楊科長再呆了一下，道：「當時這件案子並不是由我主辦的，但是就算是由我主辦的，我也不會懷疑那四個人的證供。」

木蘭花又陷入了沉思之中，一聲不出。

客廳中頓時靜了下來，靜寂維持了兩三分鐘，木蘭花才道：「我們要查這件事，還得從頭做起，我的意思是，先調查那件車禍。」

楊科長點著頭，道：「我沒有更好的意見。」

「我想和安妮一起進行調查，楊科長，請你將那四個目擊證人的姓名地址給我，我們去進行調查，」木蘭花說：「而對王通，繼續嚴密監視。」

楊科長答應著，將一張卡紙送到了木蘭花面前。那卡紙上，紀錄著那四個人的姓名、地址和職業，他們是：

楊　鷹　男　三十歲　通洋貨運公司經理
住惠英大廈十五樓二一四室通洋公司

黃雨方　男　四十二歲　珍益貨運公司經理
住惠英大廈十五樓二一六室珍益公司

沈伯奇　男　四十歲　金色輪船貨運經理
住沙灘道十四號

顧益夫　男　六十歲　金色輪船公司屬下金色天堂號郵船大副
住風蔭街二十號二樓

木蘭花將那四個人的名字，在心中唸了幾遍，然後，她將那張卡紙遞給高翔，道：「你對這四個名字，可有任何印象？」

高翔搖頭道：「沒有，從那四個人的職業看來，他們像是王達業務上的朋友，王達不是開設旅運公司的麼？」

「好像是，」木蘭花回答著，「我們明天一早就會開始調查，我希望警方能發給我和安妮一份工作證明書，以便我們進行調查工作。」

高翔道：「那不成問題。」

木蘭花又道：「楊科長，我們那樣做，你不見怪吧？」

楊科長笑了起來，道：「蘭花小姐，你怎麼那樣說！有你肯幫助我們，真是求之不得的事情。蘭花小姐，你是不是認為這案子另有內幕？」

木蘭花道：「很難說，因為我現在什麼都還不知道！」

高翔和楊科長又停留了一會，才一起告辭離去，木蘭花也絕口不再提那件事，她只是仔細看著那兩個小金像，看了很久。

然後，她才打了一個呵欠，道：「該睡了！」

安妮的心中，塞滿了各種各樣的問題，但是她知道就算問出來，也不會有結果的，因為木蘭花也無法回答那些問題。

第二天，安妮起了一個早。

她先到醫院中去看視雲五風，當她離開的時候，她又遇到了那個售賣小金像的老太婆。

安妮特地走近去，在那老太婆的杖上瞧了瞧，小金像有兩種，一種是小天使像；另一種，是維納斯女神像。

安妮的心中略動了一動，她昨天離開醫院的時候，那輛車子就在對街的一條橫巷中衝出來，幾乎將她撞死，那麼，會不會這輛車子，是早就等在那橫巷中的呢？

如果是那樣的話，那麼，駕車人可能會走出車子來，他只要走過馬路，那老婦人就可能向他兜售那種小金像，這似乎是很合邏輯的事。

但是，如果事實是那樣的話，那麼，這輛車子向她撞來，就不是一件偶然的事件，而是蓄意謀殺了。

然而，這種可能性卻不高。

因為安妮根本不認識王通，也不認識王達，他們是沒有理由要撞死她的。

安妮想到這裡，突然又想起一件事來，那便是，如果她不是身手夠敏捷的話，那麼，她已被車子撞死了！

如果她被車子撞死，那麼在整件事中，就有兩個人被車子撞死，一個是王達（假定是王達），另一個，就是她！

這證明了一件事，在這件案子中，有一個凶手。這個凶手的行凶方法，是用車子去撞死人！這有可能是一條寶貴的線索。

安妮一面想著，一面來到了那老太婆面前。

那老太婆好像已不記得她了，又道：「小姐，買一個金像吧，它會給你帶來好運！」

安妮問道：「老婆婆，你一天可以賣出多少？」
老太婆道：「不一定，有時十多個，有時多一點。」
安妮又問道：「昨天，在我向你買一個金像之前，有沒有一個男人，從對街過來，也向你買了一個？你還記得不記得？」
可是那老婦人卻完全不記得了，她仰著滿是皺紋的臉，望著安妮，道：「小姐，你……昨天向我買一個金像麼？」
安妮不禁苦笑了一下。老婦人連安妮也不記得，自然很難再希望她記得別人的了。
安妮仍存著一線希望，道：「我昨天差一點給車撞死，你記得麼？」
那老太婆搖著頭，道：「年紀老啦，全不記得了！」
安妮看到在那老太婆的口中，實在問不出什麼來，她只好離去。
當她到警局的時候，木蘭花已經在警局中等她了。
她們取得了警方人員的證明文件後，就離開了警局，直赴惠英大樓。
在途中，安妮將自己在醫院門口所想到的，講給木蘭花聽。
木蘭花只是默默地聽著，並不表示什麼。
惠英大廈是鬧市中心的一幢摩天大樓，在這幢大廈內，不知有多少商行；在大廈中進出的人，也多至不可勝數。

木蘭花和安妮兩人，到了十五樓，只見一個單位一個單位，全是性質不同的貿易行和公司，還有兩個西醫的診療所，和一家珠寶行。

她們並沒有費什麼時間，就找到了「通洋貨運公司」。

可是，當她們推門進去之後，卻不禁呆了一呆，那家公司之中，十分冷清，只有兩三個人，面無表情地坐著，全然不像是一間正在辦公時間的商行！

木蘭花和安妮走了進去，公司中的兩三個職員，愛理不理地抬起頭來，看了她們一眼，木蘭花先表露了自己的身分，才道：「我們來找楊鷹，他在不在？」

一個男職員苦笑了起來，道：「他？他如果在的話，我們又何必在這裡乾等？」

木蘭花忙道：「他到哪裡去了？」

「死了！」另一個女職員說：「他一死，公司的業務也等於停頓了，我們已經有三個月沒有拿到薪水，每天在這裡乾等！」

木蘭花呆了一呆，道：「你是說，他已死了三個月？」

「三個月零兩天。」那男職員回答。

木蘭花沉聲道：「他是被車撞死的？」

「可以那麼說，事實上，他是車撞車，死在車中的。」

木蘭花不禁皺了皺眉，她心中不禁有點埋怨楊科長太粗心了，那四個證人之一已經死於車禍，何以他不知道？

那男職員又道：「有人說，他在曼谷有一個小老婆，是以時常到曼谷去，現在好，他死在曼谷，倒也算是乾淨俐落！」

木蘭花立時知道，她錯怪楊科長了！

楊鷹原來是死在曼谷的！

木蘭花又問道：「他死了之後，公司就沒有人主持了？」

「自然是，一切業務，幾乎全是他經手的。」

木蘭花沒有再說什麼，只是問道：「有一家珍益貨運公司，也在這層樓，是不是？」

那男職員道：「你們想去找什麼人？」

木蘭花聽出他話中有因，道：「找經理，黃雨方。」

那男職員道：「那我勸你們別去了，黃雨方和我們的老闆，是一起在曼谷撞死的，那家公司早已被債權人接收過去了！」

木蘭花又呆了一呆，才道：「謝謝你。」

3 謀殺名單

她和安妮一起離開了通洋貨運公司，她們在走廊中站了片刻，木蘭花才道：「安妮，你去借打一個電話，要高翔和曼谷的警方聯絡，調查這件車禍。」

安妮答應著，又走進了通洋公司，不到兩分鐘，她就走了出來，道：「蘭花姐，四個證人已死了兩個，我們怎麼辦？」

「再去找沈伯奇，輪船公司的經理！」

安妮喃喃地道：「希望他沒有死。」

木蘭花道：「為什麼你會以為他死了呢？」

安妮苦笑了一下，道：「如果當日王達被撞死一事另有真相的話，那麼，這四個證人便是知道真相的人，假定曼谷的車禍是人為的——」

木蘭花接了下去，道：「那就表示，為不想真相洩露，有人要殺他們四個人。那麼，另外兩個人自然也有生命危險了！」

「我正是那樣想。」安妮說。

「你想得很對！我們快去。」木蘭花拉著安妮，走進了電梯。

她們並不是去沙灘道十四號，而是過了兩條馬路，來到了金色輪船公司的辦事處。

金色輪船公司屬下，有十幾艘大船，辦公處也裝修得極其富麗堂皇。

她們走進去之後，向一個職員表露了身分，那職員忙帶著她們走進了總經理室。總經理十分客氣地接見她們兩人，道：「兩位有什麼事情？」

「我們想見一見貴公司的貨運經理。」木蘭花說。

總經理嘆了一聲，他那一聲嘆息，令得木蘭花和安妮互望了一眼，總經理又道：「不幸得很。我才接到他逝世的消息！」

木蘭花和安妮深深地吸了一口氣。

總經理的話，可以說是在她們的意料之中，但也可以說是在她們的意料之外，木蘭花忙問道：「他死了？是怎麼死的？」

「三天前，他在路邊被人發現，已經是身受重傷，昏迷不醒，好像是被車子撞倒的，在送進醫院之後，他一直在重傷之中。」

安妮忙問道：「哪一家醫院？」

「市立第一醫院。」總經理回答。

安妮和木蘭花互望了一眼，市立第一醫院，那正是雲五風所住的那家醫院，安妮就是在那家醫院門口，差點被車子撞死的！

木蘭花又問道：「他一直沒有清醒過？」

「聽醫生說，他昨天中午清醒了一陣，但是接著又昏迷，以後，情形便越來越惡劣，拖到今天早上，終於不治死亡。」

木蘭花和安妮都沉默了片刻。

安妮的心中陡地一動，道：「這位沈先生，有沒有什麼親人？」

「有，他有妻子，他的妻子很年輕！」總經理向安妮笑了笑，道：「和你一樣，又瘦又高，你剛才進來時，我還以為是沈太太來了！」

木蘭花和安妮幾乎同時叫了起來，道：「沈太太現在在哪裡？」

總經理道：「那我不知道，她應該在醫院中的吧，我到醫院中去過兩次，都看到沈太太陪在沈先生的病床之前。一步不離。」

木蘭花和安妮又齊聲道：「謝謝你！」

她們也顧不及去問總經理關於顧益夫的事了，因為她們都知道，那位沈太太的生命，正處於極度的危險之中！

事情實在已很明白了，安妮昨天的意外，是因為凶手認錯了人，凶手要謀殺的對象是沈太太，但是卻將安妮誤認為沈太太了！

沈太太也在凶手謀殺的名單之中！那自然是她也知道了秘密！

木蘭花和安妮一離開了輪船公司，也不及去駕駛自己的車子，跳上了街車，直奔醫院！

她們可以說在最短的時間內趕到了醫院，木蘭花因為曾斷了腿，在這個醫院休養過一段時間，是以對醫院的各部門都很熟悉。

她們立時向有關部門查問沈伯奇的屍體，是不是還在醫院中。

醫院的職員翻了下紀錄，道：「沈伯奇的屍體，已經送到殯儀館去了。」

「是誰送去的？」

「當然是沈太太，蘭花小姐，出了什麼事？」職員好奇地問：「他們是到安息殯儀館去的，才去了不過十分鐘左右！」

木蘭花自然不可能在那樣的情形下，向醫院的職員解釋究竟發生了什麼事情的，她只是略點了點頭，拉著安妮便走。

她們一出了醫院，剛好有一位警官騎著摩托車到醫院來，木蘭花向那警官擺了擺手，道：「我有要緊的事，請借你的車子用一用。」

那警官自然是認識木蘭花的，他忙下了車。

木蘭花和安妮一起上了警官的那輛摩托車，向前疾馳而去，從醫院到殯儀館的路途並不是太遠，只不過相隔八條街。

但是，木蘭花還是將車子駛得十分快。

因為她知道沈太太的處境極其凶險，凶手已經企圖謀殺過她一次，只不過凶手在倉皇之中，將安妮誤認為沈太太而已！

從那一連串的凶案來看，凶手一定是一個毫無血性的人，他斷然不會在一次失敗之後，就放棄謀殺的，所以木蘭花必須以最短的時間趕去和沈太太相會，以防止必然會發生的謀殺！

摩托車疾駛過了兩條街，到了前面的一個十字路口，只見在馬路的兩旁圍滿了人，幾輛交通警官的摩托車也停在一邊。

另外，還可以看到一輛重型的大卡車，停在路中心。

木蘭花一看那樣的情形，心中便陡地一涼！

安妮也在那時失聲道：「我們已經遲了！」

木蘭花忙停了車，和安妮一起擠進人群，她們看到一輛殯儀館的運靈車，已被撞倒在地上，車頭毀壞不堪。

而那輛重型的大卡車，車頭也凹進去了一大塊，從兩輛車子毀壞的情形來看，那毫無疑問，是一次十分猛烈的相撞。

有兩個警官，正在運靈車中將司機救出來，司機全身是血，身子軟得一動也不能動，就算未死，也是傷得十分慘重。

而最慘的，還是司機位旁的一個女人。

那女人被壓在車頭中，根本沒有法子將她救出來。

木蘭花一直來到了車旁，那兩個警官向木蘭花搖了搖頭，道：「那女人已沒有救了。」

木蘭花俯身去看時，她也看得出，那女人已經死了，凹陷和毀壞的車頭，幾乎直插進了她的胸口，她一定是立刻死亡的。

木蘭花並沒有見過沈伯奇的太太，但是毫無疑問，那女人一定就是了。

木蘭花在那剎那間，心中只是感到一陣莫名的憤怒！

但是，她的心中雖然憤怒，她的神態卻還是十分的冷靜，她直起身來，道：「肇事的卡車司機呢？到哪裡去了？」

一個警官道：「據目擊者說，那卡車司機一點也沒有受傷，在撞車之後，他還跳下車來，看了被撞的靈車一下才離去的。人家以為他去打電話報警，是以也沒有怎麼留意他。」

木蘭花的眉心打著結道：「有多少目擊者？」

「大約有五、六個。」

木蘭花沉聲道：「警官，這不是一件普通的撞車案，而是一連串血腥謀殺中的一環，目擊者可能已不記得那卡車司機的樣子，但是，他們是見過那卡車司機的，一定要請他們到警局去，盡他們的記憶所及，將那卡車司機的樣子說出來，再由專家根據他們的口述，將之描繪出來，那是我們唯一的線索了！」

那警官用心地聽著，道：「是！」

木蘭花又深深地吸了一口氣，道：「你不妨通知高主任，我會立即和他聯絡的，有了描繪出來的形象，我們才能採取進一步的行動。」

那警官又答應著，木蘭花已轉身向外走去。

安妮跟在木蘭花的後面，說道：「蘭花姐，我們——」

木蘭花已擠出了人叢，她道：「我們再到輪船公司去，現在，四個證人，只剩下一個顧益夫了，他是一艘船上的大副，記得麼？」

「當然記得，我還記得他的住址，」安妮回答，「但是，我們為什麼不到他的家中，而要到輪船公司去找他？」

木蘭花道：「我們到輪船公司去，不是去找他，而是去問他什麼時候回到本市來。」

安妮呆了一呆，眨著眼睛，不知道木蘭花那樣說是什麼意思。

木蘭花已來到了摩托車旁，騎上了車子，道：「安妮，你還不夠細心！」

安妮慚愧地笑了一下，道：「是的。」

木蘭花又道：「剛才一走進輪船公司時，我就看到船公司的牆上掛著船期的牌子，『金色天堂號』目前正在駛往印尼的途中，而顧益夫是『金色天堂號』上的大副，他自然也在船上，而不在本市了，他在船上，凶手是不能對付他的。」

安妮的心中不禁大是佩服，她道：「蘭花姐，你說得對，我真的不夠細心，我就沒有注意這一點，顧益夫若是回到了本市——」

「那他毫無疑問會被謀殺！」木蘭花回答。

木蘭花已踏下了腳踏，摩托車向前衝了出去，不一會，又來到了輪船公司，她們也知道，「金色天堂號」現在正在回航中，兩天後可以回到本市。

木蘭花和安妮又回到家中時，高翔已在等著她們了。

高翔在客廳中，背負著雙手，團團亂轉，顯見他心事重重。

木蘭花和安妮兩人才一走進來，他就道：「蘭花，你看看！」

他將一張十二吋大的照片，交到了木蘭花的手中。

木蘭花接了過來一看，那是一張畫像，是畫好了之後，再被攝成照片的，照片中的那人，一看就可以看出，那正是王達！

木蘭花抬起頭來道：「這就是那貨車司機？」

「是的，一共有六位目擊證人，他們憑著他們的記憶，將那貨車司機的容貌說了出來。專家根據目擊證人的敘述，繪出來的人，就是王達。」

木蘭花緊蹙著眉，來回踱著。

過了好一會，她才道：「跟蹤王通的結果怎麼樣？」

「沒有結果，王通的一切，好像都很正常。」

木蘭花在一張沙發上坐了下來，不言不語，高翔和安妮就坐在她的對面，望著她，他們知道，木蘭花這時正在思索。

而木蘭花在思索後，她一定會有意見發表的。

他們足足等了十分鐘，木蘭花才開了口，道：「現在，我們可以根據已經發生的事情，將這件案子來歸納一下了。」

安妮和高翔一起點頭。

木蘭花道：「第一，我們可以肯定王達沒有死，半年之前的那宗車禍，死者另有其人，那四個人向警方作了偽證。」

高翔「唔」地一聲道：「這一點是成立的。」

木蘭花又道：「在這一點上，王達的哥哥王通，處在一個十分微妙的地位，他可能不知實情，由於屍體不易辨認，所以認為死者是他的弟弟；但是也有可能，他知道死者不是王達，他是為了某種原因，才故意在認屍時說了謊話的。」

安妮道：「自然他故意說了謊話，因為王達又曾在他的屋子中出現，而王通卻竭力地想隱瞞這件事。」

木蘭花道：「是，我也同意你的看法，所以，我們肯定的第二點，是王通也和那四個證人一樣，故意隱瞞了事實，同意麼？」

木蘭花望向高翔，高翔點了點頭。

木蘭花繼續道：「第三、那四個證人和王通，一定都明白為什麼要隱瞞這件事，而那一定是一個十分重要的秘密。那四個證人次第被殺，就是因為主謀者不想這個秘密洩露出去，在沈伯奇傷重未曾立即死亡後，主謀者甚至懷疑沈伯奇可能將這個秘密告訴了沈太太，所以沈太太也在他謀殺的名單之中！」

安妮道：「是的，凶手想殺沈太太，幾乎錯殺了我。」

高翔陡地一揮手，道：「兩次擔任謀殺角色的，都是王達。但是，為什麼當安妮追到那屋子時，會發現王達已經死了呢？」

木蘭花指著那照片，道：「王達自然沒有死，這照片就是證明。安妮以為他已經死了，自然是粗心的緣故。」

安妮的臉上紅了一紅，道：「蘭花姐，當我進入那屋子的時候，伏在酒吧上的那人，實在不像是一個活人，他的胸前還插著一柄刀，而且，他並不知道我要去，為什麼要裝死？」

木蘭花揚了揚眉，道：「既然安妮那樣說，那麼這一點，在沒有新的線索之前，可以列為暫時未能解釋的疑點，不作討論。」

高翔道：「現在，只有一個證人出海未歸，這個證人自然也明白那項秘密，他也是凶手謀殺的對象，現在的問題是：凶手是誰？」

安妮張了張口，她本來想說凶手是王達的。但是。她剛才還曾堅持王達已經死去，現在說凶手是王達，豈不是自相矛盾了？所以，她並沒有講話。

木蘭花徐徐地道：「凶手是什麼人，這一點，暫時還不能肯定，但是，如果我們在第二點，已肯定了王通也知道那秘密的話——」

木蘭花才講到這裡，高翔已突然站了起來，道：「對了，如果他也知道秘密，而他又沒有生命危險，那可以證明，他是主謀。」

安妮也站了起來，道：「去找他！」

木蘭花道：「是的，如果他沒有生命危險，那麼，他就有可能是主謀，高翔，你打電話到警局去，查問跟蹤警員王通最近的報告，王通在什麼地方，我們立即趕去見他。」

高翔的神情很興奮，因為這一連串毫無人性的謀殺案，在他們的分析、歸納之下，已經有了一些眉目了，他拿起了電話，撥著號碼。

他才和值日警官通了幾句話，面色就變得十分難看，他握著電話，幾乎是在叫著：「快召醫生來，進行急救，一定不能讓他不說一句話就死！」

安妮緊張得抓住了高翔的手臂，道：「什麼，王通也出事了麼？」

高翔放下了電話，他的神情極其憤怒。

他道：「是的，在二十分鐘以前，王通曾打了一個電話到警局來，說是他有一個重要的消息。要向警方報告。」

木蘭花道：「在電話中，他有沒有說什麼？」

「我沒有詳細問，」高翔說：「但是不要緊，每一個那樣的電話，一定有錄音的。王通可能是打了那個電話之後，就到警局來的，但是在警局門口，他被一輛疾駛而過的車子撞成了重傷！」

木蘭花的面色，也變得十分難看。

那凶手實在太惡毒了！

他每一次殺人，都利用車子，而他每一次都得了手！

木蘭花「霍」地站了起來，道：「走，我們到警局去，希望在王通的口中，可以得到些什麼線索，那樣的凶手，絕不能容他漏網！」

他們三人一起急步奔出了屋子，上了高翔的車子，高翔響起了車上的警號，風馳電掣，到了市區之後，才略為減慢了車速。

高翔才一走進警局，楊科長和好幾個高級警官便一起迎了上來，還有兩個醫官正在收拾他們的醫療用具，高翔忙道：「傷者怎麼樣？」

一個醫官搖了搖頭，道：「沒有希望，不必將他送到醫院去了。」

「他已死了麼？」

「還沒有，替他注射了強心針，但是我認為他根本不可能醒過來，也沒有可能講話。」那醫官回答。

高翔、木蘭花和安妮不等那醫官說完，便向前走去，他們推開了一扇門，看到王通躺在擔架之上，高翔只向王通看了一眼，便轉過身來。

他攔住了木蘭花和安妮，不讓她們再去看王通。

他道：「別看了，他是在被撞倒之後，再被車輪輾過了頭部的，他根本不可能講話，我們還是先退出去再說吧！」

木蘭花苦笑了一下，道：「那凶手——」

她才講了三個字，安妮突然伸手向前一指，道：「蘭花姐，你看，王通的手中好像握著什麼！」

高翔立時轉過身子去，王通的右手垂在擔架床的外面，緊緊地握著拳，在他的手中，的確像是握著一件東西！

這時，已有一個警員，拉上了王通身上的白布，將王通的頭部蓋了起來，高翔用力拉開了王通緊握著的右拳五指。

只聽得「啪」地一聲，有一件東西掉到了地上。

高翔連忙俯身，將那東西拾了起來。

當高翔拾起那東西的時候，木蘭花和安妮也已看清楚是什麼了，她們兩人都呆了一呆，那是一隻小小的金像，一個小天使的像！

而那個小金像，和安妮在醫院門口買的那個，以及在王通家中，酒吧下面找到的那個，顯然是同樣的東西。

他們三人互望著，都想不出那麼普通的東西，和這一連串神秘謀殺案，究竟有什麼關係。

高翔道：「王通的電話錄音呢？」

一個警官走了出去，不一會，便捧著一具錄音機進來，他按下了一個掣，便聽到了王通的聲音，王通的聲音，的確十分焦急。

他先用焦急的聲音問道：「是警局麼？我找高主任。」

接著，便是值日警官的聲音，道：「你是誰？高主任不在，我是值日警官，如果有什麼重要的事，告訴我也是一樣的。」

王通嘆著道：「他大約什麼時候回來？」

「不知道，但如果你堅持要見他，我們可以通知他，請他立即回警局來。」

「好的！好的！」王通好像有點喜出望外，「請立即通知高主任回警局來，我也立即就來，我叫王通，他知道我是誰的。」

「你不認為應該將事情告訴我麼？」值日警官問。

「不，這件事實在太重要了。」王通回答。

在他講了那句話之後，好像另有一個人在電話旁邊講了一句話，可是這句話卻聽不清楚。

王通又講了一句聽來毫不相干的話，那一句話，顯然就是回答在電話旁的人所講的話的，他道：「當然，我明白，我會帶一個去給高翔看的。」

王通的那句話，聽來聲音很低。那自然是他在講那句話時，並不是對準了話筒之故，而在他講了那句話之後，就收了線。

錄音帶到此，也結束了。

高翔忙按下了掣，令錄音帶倒轉，然後，再按下了掣，又聽了一遍，他特別注意，想聽清楚在電話旁的那人，講了一句什麼話。

可是那人一定離電話機相當遠，是以他說的話，實在無法聽得清。倒是王通的那一句話，仍是字字清楚，可是又難以使人明白那是什麼意思。

安妮抬起頭來，道：「高翔哥哥，他說會帶一個來給你看，那是指什麼而言？」

高翔皺著眉，木蘭花已道：「如果我料得對，那麼，應該就是他捏在手中的那個小天使金像，除此之外，他的身上並沒有什麼特別的東西。」

「可是金像也一點不特別啊！」

木蘭花把玩著那小金像，她在仔細地審視著。

那實在是一個很普通的東西，一件很普通的裝飾品，木蘭花用手指在那小金像的每一個突出部分按動著，但是也一點沒有特異的現象發生。

各人的目光都集中在木蘭花的身上，過了好一會，木蘭花才道：「安妮，你將這金像送到四風的工廠去，請他們的技術人員，立即進行成分分析。」

安妮接過了那金像，高翔問道：「蘭花，你認為那金像中有什麼？」

「我還不知道，」木蘭花搖了搖頭，「但是，我認為其中一定有古怪，不然，王通何必將它揑在手中？他一定想將秘密告訴你，他想那樣做的原因，是他也想到他的生命有危險之故，而他帶著那金像，自然是那金像和他想告訴你的秘密有關。」

安妮忙道：「我去了！」

木蘭花道：「你最好請幾位警員保護你，和你一起去，我只怕路上還會有事。」

安妮忙道：「不必了吧，我又不是孩子！」

高翔道：「自然是小心一些的好！」

高翔一面說，一面已抬頭向一位警官望了一眼，那警官忙道：「安妮小姐，請跟我來，我們會派車子護送你去的。」

安妮現出不願意的神色來。但是，當她看到木蘭花的神色十分嚴峻時，她也沒有說什麼，跟著警官，走了出去。木蘭花和高翔接著也離開了房間。

他們來到了高翔的辦公室中，已有人將王通身上的物件送了進來，放在高翔的辦公桌上，那的確全是些很普遍的東西。

如果說，王通是帶了什麼特異的東西來給高翔看的話，那麼，最可能的就是他捏在手中的那個小金像了！

木蘭花檢查著王通的物件，高翔在和方局長會商之後，決定派人去搜查王通的住宅，可是一小時之後，卻也沒有什麼發現。

木蘭花一直坐在高翔辦公室的一張安樂椅上，一聲不出，托著頭在沉思。

在那一小時中，她將所有發生的事一再歸納、分析，剔除了許多不可能的枝節，但是她卻仍然沒有什麼頭緒，因為整件事實在太撲朔迷離了！

木蘭花覺得最困難的，倒不是假定這一連串的謀殺案的凶手是什麼人。要假定凶手是什麼人，那很簡單，她可以假定凶手是王達。

然而令人困擾的是，為什麼王達會在半年前「死亡」？

那四個證人和王通，在半年前證明王達「死於車禍」的目的是什麼？

而半年前的那個死者，又是什麼人？

又是為了什麼，王達要在「死」後半年，又「復活」來行凶，將那幾個證人，甚至連王通在內，全都用車子撞死？

這一連串的「為什麼」，糾纏在木蘭花的臉上，幾乎打成了一個又一個的死結，木蘭花無法將之解得開來。

在高翔接到了搜查王通的住宅並無結果之後，木蘭花抬起頭來，道：「他們的那家旅運公司呢？也應該詳細去查一下。」

高翔忙又下達著命令。

木蘭花緩緩地站了起來。當她開始站起來的時候，她的心中似是亂成一片，但是，陡然之間，她的心中卻突然一動！

在剎那間，她想到了整件事情的開始，就是因為安妮在醫院門口，險些被車子撞倒，這才爆發了出來的，如果沒有那件意外，也不會覺得這一連串的死亡有什麼神秘，只當它們是普通的謀殺案而已。

而安妮在醫院門口，險些被車子撞死，木蘭花分析的原因，是因為安妮長得高而瘦，看來和四個證人之一，沈伯奇的太太十分相似之故。

但是，這個分析是不是可靠呢？

4 紅記貨倉

當木蘭花想到這一點的時候，她整個人都呆立著。

這樣的假定，顯然是不可靠的，因為一個凶手，如果早就等在橫路，想用車子來撞死一個人，誤認的可能性，是少之又少的。

那麼，為什麼安妮差一點就做了輪下之鬼呢？

當木蘭花想到了這一點之際，她的腦中又陡地一亮：那小金像！

安妮是在買了這小金像之後，立即出了事的！由於那小金像是那麼普通的東西，所以使人難以將之和性命攸關的大事聯想在一起，但是現在看來，那小金像和這一連串神秘莫測的謀殺案之間的關係越來越密切，應該重新考慮了。

安妮是不是在買了那小金像之後，才招來殺身之禍的？

木蘭花在那一瞬間，心中又湧上了不少念頭，她首先想到，那種小金像雖然很普通，但是卻並沒有在市面上看到別的地方有得出售。

她又想到，那老婦人在醫院門口賣售這種小金像，也一定是昨天才開始的，因為她也進出過那醫院很多次，就未曾見過那老婦人。

那老婦人！木蘭花突然想到了一個最不引人注意的人物，但是這個人物，可能是案中最主要的關鍵人物，那人物就是那賣金像的老太婆！

木蘭花才一想到這一點，她就向外直衝了出去。

高翔只看到木蘭花怔怔地站了好一會，但是突然間，又向外急步衝了出去，他也不知道木蘭花在那片刻間，想了些什麼。但是他究竟和木蘭花相處得久了。在木蘭花的神情上，他可以看得出，木蘭花一定是想到了什麼關鍵性的問題了。是以他忙問道：「蘭花，你到哪裡去？」

「我到醫院去。」木蘭花只回答了一句，便已經走出了高翔的辦公室，出了辦公室，她才道：「你帶人去檢查王通的旅運公司！」

高翔還來不及答應，木蘭花已急步走遠了！

木蘭花騎著警方的摩托車，來到醫院門口，門口停著不少車輛，可是，她卻看不到那個拄著枴杖的老太婆。

木蘭花停下了車，繞著醫院轉了一轉，有不少小販在，但就是不見那老太婆。

木蘭花回到了醫院門口，向一個賣水果的小孩問道：「那個拄著枴杖，賣一種小金像的老婆婆，今天有沒有來？」

那小孩子道：「我沒有見到——看，她來了！」

木蘭花回過頭去，果然看到那老太婆，拄著枴杖，在她的枴杖上，釘著一條橫木，木上排著二三十個那樣的小金像，越過馬路，向前走來。

木蘭花緩緩地吸了一口氣，全神貫注地望著那老太婆。

她的觀察力何等銳利，如果那老太婆是什麼人化裝的，那一定逃不過她銳利的目光。可是，當那老太婆漸漸向她走近之際，她卻可以肯定，那的確是一個年紀老邁的老婆婆！木蘭花對自己的想法，不禁有點動搖了。

但是，當那老太婆來到醫院門口的時候，她還是走到了那老太婆的身前，那老太婆抬起頭來，道：「小姐，買一個金像吧，它會給你帶來好運！」

木蘭花伸手從木上取下一個金像來，那金像的確是和王通揑在手中的那個一模一樣的。木蘭花想了一想，道：「老太婆，我問你一件事。」

那老太婆抬著頭，望著木蘭花。

木蘭花道：「如果你回答我這個問題，那我就將你這些金像一起買下來。」

老太婆的臉上，立時現出了十分高興的神色來，道：「請說，請說！」

木蘭花道：「你這些金像是哪裡批來賣的？」

那老太婆像是想不到木蘭花會問出這樣一個問題來一樣，她怔了一怔，接著，便現出了一種十分忸怩的神色來，道：「這個……這個……」

木蘭花忙道：「你實說了，我就全買下來。」

那老太婆道：「說了也不要緊，我有一個孫兒，是在一家貨倉中做事的，貨倉中有大批貨到的時候，他總弄一點給我……嘻嘻，賺些外快。」

木蘭花皺起了眉，道：「他給了你多少個？」

「一小盒，已經賣得差不多了。」

「什麼貨倉？你孫兒叫什麼名字？」木蘭花忙問。

老太婆瞪著眼，好像不願回答。

但木蘭花高聲說道：「你快說，這事情很重要！」

老太婆也著了慌，忙道：「是紅記貨倉，我孫子叫王標根。你說全買下來的！」

木蘭花將一張鈔票塞進了老婦人的手中，道：「你聽我的話，回家去，將這些金像全拋到陰溝中去，千萬記得！」

那老太婆顯然未曾聽明白木蘭花那樣說是什麼意思，但木蘭花也來不及向她多作解釋，只是將木上所有的金像都取了下來，拋進陰溝中。

然後，她跨上了摩托車，疾駛而去。

當木蘭花駕著摩托車，疾駛而出之際，她的腦中，已經有了一個十分模糊的概念，雖然那種概念還十分模糊，但總是漸漸形成了。

她想到，那樣的小金像，可能有許多許多，而在那些小金像中，一定有不可告人的秘密，不然，王通不會要帶一個來給高翔看。

木蘭花知道，那小金像中不論有什麼秘密，雲四風的工廠有著極其完善的物理、化學分析設備，是一定可以找出答案來的。

但是，她還是要先趕到紅記貨倉去，去弄明白那一大批小金像的來龍去脈，那對於解開整個案子之謎，有著決定性的作用。

紅記貨倉的名稱，對木蘭花來說，是很陌生的，所以木蘭花在最近的一個市政府詢問處前停了停車，當她知道了紅記貨倉的地址之後，她又疾駛而去。

紅記貨倉是在三號碼頭的附近。木蘭花駛向海邊，她已可以看到好幾艘巨大的貨輪停泊在海中，碼頭上很忙碌，木蘭花沿著海邊的馬路，向前駛去。

她看到很多貨倉，不一會，她也看到了「紅記貨倉」，她將車停在貨倉的門口，那時，正有許多碼頭工人在貨倉中起貨。

起的貨是一大包一大包的棉紗。木蘭花側著身，讓幾個搬運工人在她身前走過，她才走進了貨倉之中，逕自向一間辦公室走去。

辦公室中有好幾個職員在，木蘭花一走了進去，便道：「請問，這貨倉是誰負責？」

四個職員一起抬頭，向木蘭花望來。

看他們的神情，像是不怎麼願意回答木蘭花的問題。

木蘭花立時覺得這裡的氣氛，有些不對頭了，她取出證件來，道：「我是警方人員，我在問，這裡由什麼人負責！」

她表露了身分之後，才算是有了交代，一個身型十分扎實的漢子站了起來，道：「我是貨倉的管理人，什麼事，我們犯法了麼？」

木蘭花向前走出了兩步，其他三個職員雖然還坐著，但是木蘭花已可以看到，他們的神情，都現著一種異樣的緊張。

她徐徐地道：「不，我只是來調查一批貨。」

「什麼貨？」那漢子問。

木蘭花將她取自老太婆枴杖上的那個小金像，放在那漢子面前的桌上，道：「就是這種小金像，貨倉中存有多少？」

那漢子呆了一呆，拿起了那小金像來，斜著眼，向另一個人道：「我們貨倉中，可是存有這樣的存貨麼？好像沒有啊！」

那另一個人道：「那得查一查。」

木蘭花冷笑一聲，道：「不必查了。你們貨倉中，有沒有一個人叫王德根的？」

「王德根？」那漢子道：「有的，他是夜班守倉員，現在不在倉中，那和王德根又有什麼關係？」

木蘭花本來想，只要一召到王德根來，就可以解決這個問題的，但是王德根不在，她只好道：「好，那你們就查一查吧！」

她站在辦公室的中心，裝著並不留意那些職員的動靜，但是實際上，她卻在暗中觀察著，她看到那幾個人都在互使眼色。

接著，一個職員在翻著一本簿子，他立即道：「有的，總共是三百箱，玩具金像，是通達旅運公司寄存在貨倉中的！」

通達旅運公司！木蘭花已想到他們的身分了！

因為通達旅運公司，就是王通、王達兄弟開設的那家旅運公司，由此可知，那種小金像，的確和一連串神秘謀殺案有著密切的關係。

木蘭花立時走向一張辦公桌，她將手按在一具電話上，道：「借一個電話打打。」

那身型扎實的漢子，神色陰晴不定，道：「怎麼樣，這一批貨究竟有什麼不妥當？為什麼要勞動警方來查問？」

木蘭花並沒有回答那漢子的問題，只是拿起聽筒來。

就在她拿起電話筒的那一瞬間，坐在那張桌子後的一個人，突然站起身，一拳向木蘭花的面門打來！

木蘭花自從走進那辦公室起，就覺得這間辦公室中的氣氛十分不對頭。而在想到那一點時，她已在隨時準備應付意外事件了！

所以，那漢子這一拳發得雖然突然，但是對木蘭花而言，卻全是意料之中的事，他一拳才一擊出，木蘭花揚起電話聽筒，便擋擊了過去。

「啪」地一聲，那人的一拳正擊在電話聽筒上！

那人一拳的力量看來不弱，竟將電話聽筒擊成了兩截，但是他的手，受創卻也不輕，立時鮮血涔涔而下，木蘭花立時後退。

她才向後退了一步，便覺得已有人竄到了她的身後，是以她立時手臂一縮，「砰」地一聲，一肘又撞中了撲近她身後那人的胸口。

這時，另外兩個人也已向前撲了過來。

木蘭花的身形略矮，右臂反手一勾，已勾住了身後那人的脖子，緊接著，她身形再矮，右臂用力向前一翻，「呼」地一聲，將她身後那人龐大的身軀翻直了過來，向前飛跌而出。

那人被木蘭花拋向前去，「砰」地一聲，和撲向前來那個人相撞，兩個人一起滾跌在地上，還有一個人停了一停。

但是他的動作也十分快，一停之後，立時拉開了一隻抽屜，抽出了一柄手槍，那手槍上，還套著長長的滅音器！

然而木蘭花的反應更快，她一看到那人取槍在手，便立時伏倒在地上，向前滾了過去，在她向前滾出之際，那人手中的槍，已「噗噗」連響了兩響，但兩槍卻未曾射中木蘭花。

木蘭花滾到了一張辦公桌前，雙手用力在辦公桌上一推，桌子向那人疾撞了過去，撞得那人身形一個踉蹌，向後跌了出去。

而木蘭花已就著雙手一推桌子之力，整個人向上疾彈了起來，她不但向上彈起，而且，還向前疾撲了出去，身在半空，一腳已然踢出！

木蘭花的身手如此矯捷，顯然令得那人呆住了！

她起在半空時，那人還待揚起槍來，但是木蘭花的那一腳早已踢到，「啪」地一聲，正踢在那人右腕的腕骨之上。

那人發出一下慘叫聲，五指一鬆，那柄槍已脫手飛去，撞在牆上，木蘭花已落下地來，她看到最先出手的那人，用左手按下了一個紅掣，叫著道：「快來人！」

木蘭花一轉身，便向辦公室外衝去。

可是，她才來到辦公室的門口，四個手持搬運鐵鉤的大漢，便已阻住了她的去路，其中兩人揚起手中鋒利的鐵鉤，便向木蘭花削了下來。

木蘭花忙向後退，反手一抄，抄了一張椅子在手，那四個大漢已一起湧了進來，將木蘭花圍在中心，木蘭花冷笑道：「你們竟敢和我動手？」

那四個大漢注視著木蘭花，被木蘭花擊倒的四個職員，一面喘氣，一面道：「快動手！」

接著一聲叫喚，四柄鐵鉤又已向木蘭花攻到！

木蘭花揚起手中的椅子來，「啪啪」兩聲響，已有兩柄鐵鉤鉤進了椅子之中，木蘭花身子向側倒了下去，在她雙足蹬起，蹬在兩個大漢的腹際，她陡地翻了一個身，將那兩個大漢的身子，蹬得向上疾翻了起來。

那兩個大漢的身子向上翻起，恰好迎上了另外兩柄疾削而下的鐵鉤，那兩柄鐵鉤立時深深地鉤進了他們的肩頭之中！

木蘭花在地上打了一個滾，身形彈起，撞向門口。

木蘭花實是沒有什麼必要，再在這裡多作逗留的了，貨倉中發生的事，已完全可以證明，那批小金像之中，一定有著不可告人的秘密！

要不然，貨倉職員絕不會向一個已表露了屬於警方人員的人下手的，現在，木蘭花要做的，只是通知警方，來查封貨倉就可以了。

所以，她才在一擊退了敵人之後，立時向門口衝去的。

但是這一次，和上次一樣，她才衝到了門口，便已被人攔住了去路。

攔住她去路的，也是四個人，只不過不同的是，那四個人的手中所持的武器，並不是鉤子，而是手提機槍。

那是一種很輕型的連發手提槍，木蘭花十分清楚那種槍械的威力，如果出現在門口的只是一個人的話，那麼她或者可以憑她的矯捷機警，對付那人，可是如今，在她面前的，卻有四個人之多！

木蘭花突然停住。

她只停了極短的時間，便向後退了出去。

她退到了牆前，那四名機槍手一起逼了進來。

在那四個槍手之後，還跟著一個人，那人的面上，戴著一個聖誕節時舉行化裝舞會的面具，他一進來，便道：「快些下去，那批貨，立即啟運！」

原來在辦公室中的四個職員雖然已在木蘭花的拳腳下受了傷，但是他們還是立即答應著，向外走了出去。

在他們向外走去之際，那戴著面具的人還連聲道：「要快，一小時之內便要啟航，你們要在半小時之中將貨運走！」

那四個職員呆了一呆，道：「一共有三百箱之多，只怕半小時——」

那人怒吼了起來，道：「半小時內一定要運走，不然，你們只有死！」

那四個人面色大變，立時向外奔了出去。

那人反手將辦公室的門關上，在面具之後，他目光森森向木蘭花望了過來，「哼」地一聲，道：「你是木蘭花是不是？」

那時，四個槍手還在木蘭花的身前不到五碼處，木蘭花背靠著牆，在她的前面，只有幾張辦公桌，實在不足以掩蔽，她可以說是處在極惡劣的劣勢之中！

但是，木蘭花的神色卻仍然十分鎮定，她沉聲道：「是的，我是木蘭花，不論你是什麼人，你的把戲已經玩不久了！」

那人怪聲怪氣，笑了起來道：「不見得吧！」

木蘭花道：「你以為我是怎麼會找到這裡來的？不妨告訴你，王通也將你出賣了，而你，或者是你手下的人，卻將他撞得不徹底！」

木蘭花其實並沒在王通的口中得到任何消息，謀殺王通的人，做得也十分徹底，而木蘭花也不知對方究竟在幹一些什麼勾當，但是，她卻可以肯定，他們一定是在從事極嚴重的犯法勾當，所以，她才故意那麼說，並且暗示警方已經知道了內幕。

在木蘭花那樣說的時候，那人的身子震了一震。

但是他立即道：「如果是那樣的話，那麼，你來得太好了，有你在我們手中，可以保證我們的安全，對不對，蘭花小姐？」

木蘭花冷笑著，道：「你們始終是逃不過法網的！」

那人「哈哈」笑了起來，道：「蘭花小姐，法律是一個很空泛的名詞，它的內容，是各地不同的。在這裡，我們是罪犯，但到了別的地方，我們就可能是英雄了，你明白麼？」

木蘭花的心中，怔了一怔，因為，她不明白那人說的是什麼意思。

她緩緩地吸了一口氣，並不出聲。

那四名槍手仍然在木蘭花的身前，四支手提機槍的槍口，全對準了木蘭花，而木蘭花根本沒有任何可以逃脫的機會。

那人一面冷笑著，一面退到了門口。

木蘭花向外看去，只見很多搬運工人，將一箱一箱的硬紙皮箱搬運出去，在那些紙箱上，印著小天使或是維納斯女神的像。

他們正在將那三百箱金像運出去！

那人在不斷地催促著，道：「快！快！」

木蘭花心中急速地在轉著念，她在想，那人這樣說，是什麼意思？他究竟在從事什麼樣的犯罪，為什麼到了另外的地方，他就可能是英雄？

但是木蘭花卻想不出結論來！

安妮在警官的陪同下，到達了雲氏大廈，她和警員分了手，先走向傳達室，傳達室的職員一看到她，便接通了雲四風秘書的電話。

安妮拿起電話來時，已聽到了雲四風的聲音，道：「安妮，你可是才從醫院來？五風的情形怎樣？我實在太忙，兩天沒有去看他了！」

提到了雲五風，安妮不禁又嘆了一聲，道：「他還是那樣，四風哥，我有一件事，請你先通知化驗分析工程師到你的辦公室集合。」

雲四風略停了一停道：「好的，你快上來。」

安妮放下了電話，走進升降機，她是和兩個中年人一起走進了雲四風的辦公室的。

雲四風道：「這兩位，就是主持實驗室的工程師。你有什麼事？」

安妮將那小金像取了出來，道：「這個，蘭花姐要分析它的成分，要最快有結果。」

雲四風拿起了那小金像來，看了一眼，道：「這個有什麼值得分析的地方？這自然是鉛的，塗上一層銅粉，還有什麼？」

「很難說。」安妮回答。

雲四風笑了起來道：「你也越來越神秘了！」

安妮和木蘭花一樣，知道雲四風的業務十分忙，是以盡可能不將事情去麻煩他和穆秀珍，所以她只是笑了笑，道：「要多少時候？」

「半小時就可以了！」一個工程師回答。

「我等著。」安妮坐了下來。

那工程師鄭而重之，將小金像接了過去，和另一個工程師走出了雲四風的辦公室，安妮笑道：「四風哥，你管你辦公，我和秀珍姐通電話。」

雲四風「哈」地一聲，道：「你要是找得到她，我算你本事，她啊，像是沒有頭的蒼蠅一樣，每天不知在忙些什麼——」

雲四風才講到這裡，他辦公室的門突然打了開來，穆秀珍像是一陣風也似的捲了進來，道：「啊哈，背後在說我什麼壞話！」

雲四風道：「真是說到曹操，曹操便到，看看，是誰來了？」

穆秀珍轉過頭來，看到安妮，她張開了手，叫道：「安妮，你這小鬼頭，居然還記得來看看我，我以為你消失在醫院中了！」

安妮扁了扁嘴，道：「秀珍姐，你還好意思說我？」

穆秀珍衝到了安妮的身前，抓住了她的肩頭。用力搖著她的身子，安妮叫了起來，道：「我的骨頭給你搖散了，秀珍姐！」

她們兩人的笑聲充滿了雲四風的辦公室，足有好幾分鐘之久，穆秀珍才道：「夜貓子進室，無事不來，又有了什麼古怪事？」

安妮偏過頭去，道：「沒有什麼。」

穆秀珍將安妮的臉硬轉了過來，道：「望著我，當你望著我的時候，你就不敢說謊了！」

安妮明知穆秀珍一來，自己若是不將心中的話說出來是不可能的事。在這幾個人中，她和穆秀珍的感情最好了，要她對穆秀珍說謊，哪怕是最最普通的謊話，也不是她願意的事！

她嘆了一聲道：「這件事，真是古怪極了。」

一聽得「古怪極了」四個字，穆秀珍已然疾跳了起來，一迭聲道：「快說，別拖泥帶水。將最奇怪的事說出來！」

雲四風笑道：「秀珍，不論怎樣奇怪的事，總有一個起端的，你若是不讓她從頭說起，你如何聽得明白？」

穆秀珍急道：「那麼。快說！」

安妮知道穆秀珍心急，自己如果再不說的話，穆秀珍真會急死了，是以她揚了揚手，將她如何在醫院門口買了那小金像，過馬路的時候，差點被一輛跑車撞死，她追到那裡時，看到那駕跑車的已然死去，但轉眼間不見了死人等經過，詳細說了一遍。

這一說，已說了將近二十分鐘，穆秀珍聽得時而咬牙切齒，時而頓足，時而跳起來加上幾句話，等到安妮講完後，她才道：「好傢伙，這凶手好厲害。」

雲四風也道：「奇怪，這件案子，整個過程中，有一個最不容易想得通的地方，就是你到那屋子中的時候，看到那人胸前插著一柄刀。」

「那人就是王達！」安妮說。

「是啊，那麼，王達當時是在幹什麼？如果他是凶手，他何以在自己的胸前插了一柄刀，伏在酒吧櫃，他根本不知道你要去！」

安妮嘆了一聲。攤開了手，道：「這是最不可思議的一點了。現在，蘭花姐疑心那小金像中可能有秘密，所以叫我帶來，作成分分析。」

穆秀珍道：「應該有結果了！」

她才講了一句，對講機中，就傳來了女秘書的聲音道：「董事長，實驗室的負責工程師來了！」

「快請進來！」雲四風忙吩咐著。

辦公室的門推開，那兩個工程師走了進來，其中一個，將一張紙放在雲四風的面前，道：「這是成分分析報告，請董事長過目。」

雲四風拿起紙來，穆秀珍已湊過頭去，和他一起看著，可是他們兩人立時抬起頭來，穆秀珍道：「你們沒有算錯？」

那兩個工程師的臉上，現出不怎麼高興的神色來，道：「那麼簡單的成分分析，怎可能算錯，除了鉛之外，就是電鍍上去的黃銅粉！」

雲四風拍了拍那張紙，道：「安妮，那小金像的原料全是最普通的金屬，實在沒有什麼出奇的地方，蘭花要失望了！」

安妮也看了看那成分分析報告，她嘆了一聲，道：「讓我們打電話告訴蘭花姐，她怕真的要失望了，我來的時候，她還怕有人要搶那小金像，特地派警員護送我來的。」

安妮走到電話旁去打電話，那兩個工程師和雲四風講了幾句話，退了出去，穆秀珍和雲四風望著那份報告書發怔。

安妮不到一分鐘轉過身來，道：「蘭花姐不在，而高翔哥帶著人去搜查王通、王達兩兄弟開設的旅運公司去了。」

「蘭花姐哪裡去了？」

「不知道，警局的人說，她走得很匆忙。」

穆秀珍來回踱著步，道：「嗯，那一定是她忽然之間又想到了什麼線索，是以趕去調查了，她一定會有消息來的！」

正在這時，雲四風辦公桌抽屜中的那個電話響了起來，那電話的號碼，只有他們幾個才知道，是以一聽到電話響，他們便緊張了起來。

雲四風拉開了抽屜，拿起了電話聽筒，放在一具聲音擴大儀上，那樣，他們和打電話來的人，就可以像面對面一樣在交談了。

那電話是高翔打來的。

高翔第一句話便是：「安妮在麼？」

「我在。」安妮忙回答，「四風哥和秀珍姐也在。」

「蘭花有沒有電話來？」

「沒有，她到哪裡去了？」

「她臨走的時候，說是到醫院去的，但是我剛才打電話到醫院去，當值的警員說看到她在醫院的門口停過一會，又匆匆走了！」

「那麼，你查到了什麼？」安妮問。

「我查到了一個十分重要的線索，通達旅運公司在半年前，曾經由西歐運來一批貨，是三百箱裝飾用的小金像。」高翔說。

「就是我們見到過的那種？」

「是的，就是那種，有三百箱之多，存放在紅記貨倉之中，根據紀錄，是準備轉運到亞洲的某一個國家去。」

「那似乎是正常的生意。」雲四風說。

「太不正常了！」高翔立時回答，「那國家的人，不到十萬人，是一個山地小國，可是，三百箱小金像的數字，卻是三十萬個！」

「那當然不是為了做生意了！」穆秀珍說。

「我想是的，那小國和一個強國為鄰，我想，這批東西運到那小國之後，還不是最後目的地，到了那小國。便是那強國的勢力範圍，不會再有人干涉它們運進那強國去的！」高翔說。

安妮咬著指甲道：「就算最後目的地是那強國，也沒有什麼不正常啊！」

「那更不正常了，那強國是由一群好戰成性，幾乎類似精神失常的人統治的，他們怎會對小天使像和維納斯像有興趣？」

「你的意思是——」

雲四風的話講了一半，高翔便道：「在那些小金像中，一定有著極度的秘密，四風，你實驗室的分析結果怎麼樣？」

雲四風苦笑了一下，道：「你一定大失所望，那金像是鉛的，鍍上一層黃銅粉，如此而已，絕沒有什麼重大的秘密可言。」

高翔呆了一下，才道：「真的？」

雲四風嘆著，道：「我為什麼要騙你？」

高翔又呆了幾秒鐘，道：「不管怎樣，我馬上帶著人到紅記貨倉去，警方要暫時封存這一批貨，以便進一步的檢查。」

穆秀珍和安妮一起叫道：「我也去！」

「我們分頭前去，到紅記貨倉外集合！」

「好！」她們兩人又齊聲答應。

穆秀珍向雲四風望了一眼，雲四風立時知道她是什麼意思，是以搖了搖頭，表示他不去了，穆秀珍立時拉著安妮，走了出去。

5 間諜集團

木蘭花在紅記貨倉的辦公室中，一直被那四個槍手逼在牆前，她看到一箱箱的紙箱被運出貨倉去，搬運的速度十分快。

有好幾個人，不斷來和那戴面具的人講話。

木蘭花只是隱約地聽到幾句，他聽得一個人道：「對方並沒有答應我們的條件，我們現在就起運，對方豈不是趁機殺價了？」

那戴著面具的人「哼」地一聲，道：「除非以後他們不要我供應他們同類的東西，不然，他們也不敢趁機殺我的價錢！」

木蘭花聽到了那樣的話，她更可以肯定，那一批小金像一定不是普通的貨物，其中一定有著重大的秘密在！

可是這時，木蘭花卻不知道，那個在王通手中取出來的小金像，已經經過了精密的化驗分析，絲毫沒有特異的成分在內！

當最後一批搬運工人搬著箱子出去之後，一輛卸貨車載著一隻大木箱，到了辦公室的門口。

那戴著面具的人轉過身來，道：「木蘭花。你要和我們一起走，你走進那箱子中去！」

木蘭花怒道：「如果我不答應呢？」

那人冷笑著，道：「你就會自食其果。」

木蘭花內心中迅速地轉著念，她是沒有反抗的餘地的，而如果她進了那木箱之中，她知道，她一定會被送到船上去，作為人質！

木蘭花略想了想，就大踏步向前，走了過去。

那四名槍手散了開來，但是槍口始終對準了她，木蘭花爬進了那箱子之中，立時有好幾個人，將箱子釘上了蓋子，木蘭花的眼前立時黑了下來。

木蘭花卻一點也不著急，她反而鬆了一口氣，因為她要逃出那木箱，實在是太容易的事情，那比被四個槍手威脅著要好得多了！

她感到卸貨車在向外駛去，接著，她又覺出箱子被吊了起來，她不知道箱子落在哪一艘船上，她只知被人不斷地搬動著。

而那時候，所有的箱子，連木蘭花在內，都被搬上了一艘木船，開始駛向一艘中型的貨輪，貨輪上有金色圓形的標誌。那是金色輪船公司屬下的貨輪！

穆秀珍、安妮和高翔是同時到達的。

她們的車子緊跟在高翔的警車之後，駛向紅記貨倉，在貨倉門口停了下來。

那時，一聲汽笛響，那艘貨船已啟航了。

穆秀珍、安妮和高翔都聽到了那一下汽笛聲，但是他們卻都未曾在意，因為貨倉就在碼頭邊上，幾乎隨時有船啟航的。

他們幾個人一起下車，來到了貨倉門口。兩個大漢向他們望了一眼，幾個警員也下了車，一行人直向貨倉中走去。

他們還未曾走到貨倉辦公室的門口，就有人迎了出來，大聲問道：「啊，那麼多警員，請問有什麼事？」

高翔立時道：「誰是貨倉的負責人？」

另一個人又從辦公室中走了出來，說道：「是我。」

高翔向他望了一眼，道：「通達旅運公司有一批貨，是三百箱小金像，裝飾用的，存在貨倉中，警方要檢查這批貨！」

那人點頭道：「是的，但是今天上午，他們已將貨提走了！」

高翔呆了一呆道：「什麼人將貨提走的？」

那人有點不耐煩，道：「誰記得是什麼人，總之，有人拿了提貨單來提貨，難道我們可以扣住貨不發？那關我們什麼事？」

高翔「哼」地一聲，道：「好，前來提貨的人，一定有簽名留下的，讓我看看他在提單上的簽名，這總關你們的事了吧！」

那人的神色，略變了變。

但是他神色的變化卻只是極短暫的時間，他立時道：「好的，請等一等。」

他說著，便走進了辦公室，可是他卻並沒有請高翔也進辦公室的意思。

高翔對於貨倉本身，本來並沒有什麼懷疑的，可是，他在到達貨倉之後，卻發現貨倉中的人，個個都神態有異，那個自稱是貨倉負責人的人，更是神情異樣，言詞閃爍。所以，那人才一進辦公室，高翔便也老實不客氣，推開了門，走了進去。

當他走進去的時候，那人是背對著高翔的。

但即使那人是背對著高翔，高翔也可以看得出，他陡地震了一震，而高翔也立時看到了辦公室中那種凌亂的情形。

在有著多年警務工作的高翔看來，他一看就可以看得出，這種凌亂，是由於在辦公室中，曾發生過激烈打鬥的緣故！

高翔立時道：「這裡曾發生過什麼事？」

那人走向前，去扶起了一張倒跌的辦公桌道：「沒有什麼，有兩個搬運工人，因為發生了口角，在這裡打了一架，這種事是很普通的。」

高翔「哼」地一聲，他自然不相信那人的話，但是一時之間，他卻也沒有什麼證據，可以證明那人是在說謊，是以他只是注意著那人的動作。

這時，安妮、穆秀珍和幾個警員也進了辦公室，還有不少警員在辦公室的門外和倉庫門口。

那人拉開了幾個抽屜，翻拆著一些文件，可是，他卻還未曾找出高翔要的那提單來。

高翔漸漸有點不耐煩了，而且，他心中的疑惑也越來越甚，他道：「怎麼樣，找到了沒有？」

那人嘰咕地道：「不知道那些職員放在什麼地方？」

他來到了另一張辦公桌前，按下了一個對講機的掣，大聲道：「你們誰主辦那三百箱金像出貨的事，警方人員說要看提單！」

高翔更皺起了雙眉，因為從那人的樣子看來，他分明是在拖延時間，而且，這時他對著對講機所講的那幾句話，又分明是含有警告的意思在內的！

高翔忙向前走去，也就在這時，安妮突然指著一個牆角，驚叫了起來，道：

「高翔哥，你看，你快來看！」

高翔和穆秀珍兩人，連忙循安妮所指看去。

只見在那牆角上，牆上的油漆被劃成了幾個字，那是「我被他們制住，倉庫全是匪黨」幾個字。

那幾個字劃得十分潦草，可能是用指甲劃出來的，而在那幾個字之下，則是一朵線條簡單，但是他們一看就可以認得出的木蘭花。

那是木蘭花留下來的！

高翔的身子陡地一挺，立時轉過身來。

也就在那時，那人陡地推翻了一張辦公桌，辦公桌向高翔、穆秀珍和安妮撞了過來，而那人的行動極之矯捷，「呼」地向門外竄去。

那人的動作雖然快，但是高翔的動作，比他更快！

高翔的左手向前一伸，擋住了向他們撞過來的辦公桌，右手已然掣槍在手，立時扳動了槍機，「砰」地一聲響，那人仆出了門外。

高翔的那一槍，已經射中了他的腿彎。

在辦公室門外的警員聽到了槍聲，立時緊張了起來，轉過身，那人正待掙扎著站起身來，可是高翔早已跳過了辦公桌，來到了門口。

他一伸手抓住了那人胸前的衣服，將那人直提了起來。

穆秀珍和安妮也奔了出來，高翔大聲命令道：「扣留紅記倉庫中的每一個人，搜索每一個可以躲藏人的地方，一個也別放走！」

那人被高翔提著，他的腿彎處不住滴著血，他咬牙切齒地忍受著痛苦，可是，他卻現出狡猾的微笑來，道：「遲了！高主任！」

高翔立時對他怒目而視，道：「木蘭花在什麼地方？」

那人的笑容更狡猾，他道：「木蘭花在什麼地方，我也不知道，但是，你如果對我好一些，她所受的待遇也會好些。」

穆秀珍怒不可遏，一步踏了過來，揚手便待向那人的臉上摑去，但是高翔卻伸手擋住了穆秀珍。

這時，倉庫中除了警方人員之外，已沒有別的人，當他們來的時候，還有一二十個搬運工人在的，但這時，這些人也已走得乾乾淨淨了！

一個警官奔到了高翔面前，道：「高主任，他們全走了，有幾間密室，也是一個人都沒有。」

那人又怪聲怪氣笑了起來，道：「我說遲了嘛！」

高翔忍抑著心頭的怒火，將那人提了起來，走回辦公室，將那人放在一張椅子上，回頭道：「快調人來，仔細搜查倉庫的每一角落，召醫官來！」

穆秀珍也忙道：「向港務局方面調查，那三百箱金像是什麼時候運出去的，是不是還來得及截住他們！」

那人坐在椅上，卻閉上了眼睛，一聲不出。

高翔亮著一支檯燈，將檯燈轉了過來，燈光直射在那人的臉上，他一字一頓地道：「你聽著，我問一句，你答一句！」

那人仍然閉著眼，一聲不出。

高翔的聲音顯得憤怒之極，道：「木蘭花在哪裡？」

那人卻仍然閉著眼睛，道：「木蘭花在哪裡，我不知道，但是我已經說過，如果我受的待遇不佳，那麼，木蘭花也會捱苦！」

高翔憤怒得雙手緊緊握住了拳！如果他的身分，不是警方的高級人員的話，那麼，他緊握著的雙拳，一定已狠狠地向那人的臉上揮去，打得那人鼻青臉腫了。

他知道，自己面對著的，是一個極其神秘的犯罪組織，而那個已成了階下囚的人，卻也是一個極其頑劣的犯罪分子！面對著那樣頑劣的犯罪分子，決不是發怒就可以解決問題的，必須冷靜地對付他！

高翔緊握著的雙手，又漸漸鬆了開來。

他冷笑了一聲，道：「可是，你落在我們的手中了，你得為你自己想想，這件事，牽涉到許多案子，你會被送上電椅的！」

那人又狡猾地笑了起來，道：「不會吧，我雖然是微不足道的小人物，但倒也不像你想像之中，那樣容易對付的！」

那人的話才一講完，電話鈴突然響了起來。

隨著電話鈴聲，大隊警車開到的「嗚嗚」聲也傳了過來，那人的笑聲更狡猾，他道：「我想，是上頭命令你釋放我的電話來了！」

穆秀珍「呸」地一聲，喝道：「做你的大頭春夢！」

安妮不斷地咬著指甲，在來回踱著步，她的臉色十分蒼白，一件本來看似平凡無奇的事，一步一步發展下去，竟發展到了現在這般程度，那實在是她無論如何也想像不到的。而且現在，木蘭花下落不明，那匪徒卻還像是有恃無恐一樣！

高翔怒視著那人，一手抓起了電話來。

他才將電話湊到了耳際，就聽到了方局長的聲音！

那電話竟是方局長打來的，這實在是出乎意料之外的事，高翔呆了一呆，只聽得方局長道：「快請高主任聽電話，你是警員麼？」

「我就是高翔。」高翔回答。

「高翔，」方局長的語氣有些著急，「你在紅記貨倉扣留了一個叫符禮的人，是不是？」

高翔略怔了一怔，道：「不錯，我扣留了一個人，但是卻不知道他叫什麼名字。」

那人這時突然道：「我叫符禮。」

高翔瞪著那人，道：「是的，他叫符禮。」

方局長立即道：「那麼，釋放他。」

高翔在剎那間，幾乎不能相信自己的耳朵！

他忙道：「方局長，你有沒有弄錯？這人和一連串的謀殺有關，和一個組織龐大的犯罪集團有關，木蘭花也已被他們制住，現在下落不明！」

方局長長長的嘆了一聲，道：「可是，你得釋放他！」

高翔只覺得怒氣直往上衝，他對方局長一直抱著十分尊敬的態度，但是這時，他卻也實在有點忍耐不住了！

他大聲道：「方局長，我不能服從你的命令，如果我因此而受到革職處分的話，那麼，我恢復平民的身分，又倒可以毫無顧忌地來對付他了！」

方局長發出一連串的苦笑聲，道：「高翔，我明白你的心情，你不要衝動，我們非釋放他不可，因為他是一個外交副領事！」

高翔陡地吃了一驚，立時又向那人望去。

那人的臉上，浮起一層得意的笑容來。

高翔忙道：「不，我說過，他是紅記貨倉的負責人！」

「不是的，他們的總領事已向市政府提出正式抗議，高翔，我們必須立即放人，除非我們有他現場犯罪的確鑿證據，我想他不會是愚蠢到有把柄落在你手中的，是不是？所以，我們只好將他釋放，然後，再設法從其他途徑對付他們。」

高翔深深地吸了一口氣，道：「早知道這樣，我剛才那一槍應該擊向他的心口，而不應該擊向他的大腿！」

方局長的聲音十分吃驚，忙道：「原來他受了傷，高翔，幸而你未曾將他打死，不然，將會形成嚴重的國際糾紛！」

高翔道：「將他釋放之後又怎樣？」

方局長壓低了聲音，道：「你立即回來，軍部的情報人員已和我們聯絡過，他們會有極其重要的線索提供給你。」

高翔又呆了半晌，才道：「好的。」

他放下了電話，向符禮望來。

符禮雙手扶住了椅柄，掙扎著站了起來，道：「我可以走了麼？」

高翔冷冷地道：「滾吧！」

穆秀珍和安妮並沒有聽到方局長在電話中說了些什麼，是以她們聽到高翔叫那人走，不禁大是詫異，忙道：「為什麼？」

高翔揮了揮手，他心中的怒意，使他暫時不想向穆秀珍和安妮兩人解釋究竟是為了什麼，而這時，兩個警官奔了進來。

那兩個警官一進來，就向高翔行禮，道：「高主任，有一輛懸掛某國大使旗幟的車子在外面，要接他們的一個副領事離去！」

高翔向符禮指了指，道：「就是他！」

穆秀珍和安妮兩人，睜大了眼睛呆怔著，說不出話來。

就在這時，又有兩個面目陰森的人走了進來，他們一聲不出，來到了符禮的身旁，扶著符禮，就向外面走了出去。

辦公室的門開著，在辦公室中的人都可以看到，在貨倉的大門口，停著一輛黑色的大房車，車頭插著一面某國的國旗，車身之上，漆著大使館的特徵。

根據外交的慣例，這樣一輛有大使館特徵、旗幟的車子，它所停的地方，就作為該大使所屬國家的領土，警方人員是毫無辦法的。

他們眼看著那兩人將符禮扶上了車子，接著，車子便絕塵而去。

穆秀珍怒嚷了起來，道：「高翔，這——這算是什麼？」

高翔的眉心打著結，道：「秀珍，事情比我們想像中的，要嚴重得多，那絕不是一個普通的犯罪集團幹的事，而是國際間有勢力的國家支持的。」

穆秀珍用力地拍著桌子，道：「不論是什麼有勢力的組織，蘭花姐已落在他們的手中，難道我們應該就此算了麼？」

高翔的心中也亂成了一片，他們這幾個人，曾經遇到過許多棘手的事，但是卻從來也沒有像這一次，從一件小事，忽然之間發展為那樣嚴重的大事的！

而且，由於對方的身分特殊，他們竟然無從下手！

高翔又深深地吸了一口氣，道：「秀珍，我們不能著急，首先，我們應該相信蘭花有獨自應付險惡局面的能力！」

安妮急道：「如果他們要殺害蘭花姐呢？」

高翔的心陡地向下一沉，他並不是想不到這一點，而是他實在不敢想！

他呆了一呆，才道：「現在，對於整件事情的來龍去脈，我們還不知道，剛才，方局長在電話中曾經告訴我，軍部的情報人員，有重要的線索告訴我。——」

高翔的話還未曾講完，穆秀珍已頓著足，打斷了他的話頭，道：「高翔，你怎麼了？等到你慢慢摸到線索時，蘭花姐怎麼了？」

高翔苦笑了一下，道：「我想，蘭花一定和那三百箱小金像在一起——」

這一次，高翔又是話講到一半，就立刻被打斷了。

但是，打斷他話頭的，卻並不是穆秀珍，而是一位匆匆走進來的警官，那警官道：「高主任，港務局並沒有那三百箱小金像出口的紀錄，只有運入本市的紀錄，是從南美洲運來的。」

高翔揮了揮手，道：「秀珍，安妮，現在事情已經明白了，蘭花一定是發現了紅記貨倉有什麼可疑之處，是以才追到這裡來的，她也未曾想到，貨倉中全是歹徒，所以才會被他們制住的。」

穆秀珍道：「那又怎樣？」

安妮立時接口道：「那就簡單了，他們在制住了蘭花姐之後，感到那三百箱小金像存在這裡，並不可靠，是以才急急運走的，也就是說，那三百箱小金像才離開碼頭不久！」

高翔不等安妮說完，已向那警官道：「通知水警總部派高速氣墊船，派直升機，沿碼頭外的水域，去追尋未經港務當局批准出口的貨船！」

那警官立時答應著，向外奔了出去。

高翔又道：「秀珍，你也去參加跟蹤。」

安妮忙道：「我也去。」

高翔點頭道：「好的。」

安妮和穆秀珍一起向門口走去，安妮到了門口，轉過身來，道：「高翔哥，我實在不明白，那小金像曾經經過精密的分析，證明什麼秘密也沒有，為什麼——」

穆秀珍握住了安妮的手臂，將她向外拉去，道：「唉，現在還理會這些幹什麼，先將蘭花姐從他們手中救出來要緊！」

安妮的話未曾說完，就被穆秀珍拉走了。

事實上，就算安妮的話講完，高翔也是回答不上來的，因為他也知道，那種小金像曾經過嚴格的分析化驗，其中絕無秘密可言！

但是，從王通帶那小金像，要到警局來自首；從這三百箱小金像，因為木蘭花一到，便急急運走；從某國的外交人員，也和這些小金像有關，等等事情看來，那些小金像中，的確又含有驚人的秘密在！

然而，那究竟是什麼秘密呢？

高翔在沉思著，但是他卻一點頭緒也沒有。

這時，搜索貨倉的工作，已告一段落了。

這期間紅記貨倉的業務很差，存在貨倉中的貨也不多，都是一些普通的貨物；檢查來往的文件，似乎也沒有什麼特別可疑之處。

高翔用極短的時間，聆聽著搜索結果的報告。

他的心中已經有一個概念，他推測紅記貨倉，一定是某國間諜集團的一個外圍組織，平時，以正式的貨倉方式經營，等到他們自己有什麼特別的貨物要轉運的時候，才加以利用。

高翔不但可以肯定這一點，而且，他還可以肯定，通達旅運公司以及那幾個已經死了的人，也一定是間諜集團的外圍人馬。

他們的死，自然是間諜集團的殺人滅口！

真正用車子來實行謀殺，撞死了那些人的凶手是誰，還不知道，但是也可以肯定，凶手的身分，一定是某國的間諜頭子！

當高翔想到了這幾點的時候。他的雙眉蹙得更緊，又接到報告，水警的高速氣墊船和直升機都已經出發了。

高翔實在想親自去參加追尋的工作，但是他卻沒有去，他離開了紅記貨倉，趕回警局去，因為軍部的情報人員，正在等著與他會晤，他可以在情報人員處，獲得寶貴的線索。

當他的車子，疾駛回警局時，高翔的心情，實在是十分沉重。

6 國際糾紛

木蘭花坐在木箱中，她聽到了汽笛聲，也覺出船身在震動，她知道，船已經啟航了，而船走得如此之急，自然是未曾經過港務局批准。

木蘭花這時，只有兩個希望可以逃脫。

第一，她希望高翔會發現紅記貨倉可疑，進而發現她用指甲在紅記貨倉辦公室牆上劃出的那幾個字，而又立即派人來跟蹤。

但是，木蘭花卻認為這一個希望是微乎其微的。因為她想不出高翔有發現紅記貨倉可疑的理由，她自己是從醫院門口，那個賣小金像的老婦人口中，知道那些小金像是從紅記貨倉來的。

高翔自然不會再去問那老太婆的。他或者終於會知道那些小金像是從紅記貨倉來的，可是那卻不知道是什麼時候的事了。

木蘭花的推理能力雖然強，但她也不可能未卜先知，她自然不可能知道，高翔在通達旅運公司中，立時找到線索。

於是，木蘭花只有寄託在第二個希望上。

她第二個希望就是，憑她自己的力量逃出去！

剛才，當她被釘進木箱中的時候，木箱中有一些隙縫，還有一點光線透進來，可是這時，她的眼前卻是一片漆黑！

木蘭花知道，那是在木箱的四周圍都堆上了其他東西的緣故，那樣，她要逃出去，就又增加了不少困難。

木蘭花想了幾分鐘，才開始行動。

她的手指在鞋跟上摸索著，當她摸到了一個小小的凸起之處，她就用力一抽，抽出了一根半呎長的鋸條來。

那鋸條是極其鋒銳，用來鋸木板，自然是輕而易舉的事，她將鋸條伸進了木板的隙縫之中，不要十分鐘，她就鋸開了一塊木板。

她用力將那塊木板拗斷，那塊木板約有一呎來寬，那也就是說，她可以有一個鑽出木箱的空隙了。

如果木箱外面沒有東西阻擋的話，她就可以鑽出去了，但是緊貼著木箱的，卻是硬紙箱子，那正是裝載那小金像的紙箱。

木蘭花用力推了推，她的木箱一定被壓在下層，因為她雖然用了很大的力量，但是在木箱外的紙箱，卻一動也不動。

木蘭花並沒有再繼續白浪費力量，她只是坐在木箱中想辦法。

紙箱子十分沉重，她推不動，在她的鞋跟之中，還藏有不少的烈性炸藥，或者可以將紙箱炸開，但是，她又有什麼辦法，可以在爆炸的時候不受傷呢？

當爆炸一發生，她一定是首當其衝！

這個辦法，顯然是行不通的了！

木蘭花皺著眉，她想了兩三分鐘，就另外有了主意。

她想到的辦法，可以說是一個十分笨的辦法，但也是唯一可行的辦法，她想到的辦法是，劃破那紙箱子，將紙箱中的東西都搬到木箱中來，那麼，她就可以進入那紙箱之中了。就算紙箱之外還是箱子，她也可以依法炮製。

那樣，她就可以在紙箱和紙箱之中，打出一條隧道來。雖然這辦法是笨一些，而且可能要很多時間，但總是脫身的唯一辦法！

木蘭花用鋸條的一端，十分尖銳處，插進了紙箱中，她用極短的時間，就在紙箱上開了一個可以使她鑽進去的大孔。

然後，她將那紙箱中一盒一盒的小金像搬了出來，搬到了木箱中，直到她的身子可以鑽進那紙箱，她再劃破了第二個紙箱。

她一直鍥而不捨地做著，在紙箱中，可以使她活動的空間並不多，她得蜷屈著身子來做這一切，那實在是一件十分疲倦的事。

但是木蘭花卻一點也不休息，她知道，她必須爭取每一分、每一秒的時間，因為，如果當船到達了目的地之後，那地方可能是對方的勢力範圍。她再要走脫，就十分困難了。

開始的時候，大約每十五分鐘，可以搬空一隻紙箱，但是工作越來越困難。當木蘭花弄空了第十隻紙箱時，足足花了將近半小時。

木蘭花蜷縮在那只紙箱之中，深深地吸了一口氣。

紙箱的隙縫中，空氣顯然是不足的，而她又是在劇烈地運動著，需要更多的空氣，是以她感到呼吸困難，似乎整個紙箱都在旋轉一樣。

木蘭花勉力鎮定心神，又用鋸條用力向前戳去。

這一下，鋸條竟直通到底！

木蘭花的精神，陡地為之一振。

她知道，那已是最後一隻紙箱了！

她終於在紙箱堆中，順利地打通了一條隧道！

她迅速地割了一個洞，她的呼吸也立時暢順了許多。

她看到在紙箱之前吲許，便是貨船的艙壁。

貨艙中的光線十分黯淡，然而比起悶在箱子中的漆黑無光來，卻好得多了，木蘭花先仔細向外聽了聽，除了機器的隆隆響之外，她聽不到什麼聲響。

她慢慢地出了紙箱，然後，攀上了那一大堆紙箱的頂，在她的上面，紙箱還有七八層之多，當她站在那一大堆紙箱頂上的時候，她已可以看清楚貨艙中的情形了。

那貨艙並不大，在堆了三百隻紙箱之後，已沒有什麼多餘的空隙了。

貨艙的右首，有一座鋼梯，那是直通向上面去的。

木蘭花迅速地攀了下來，爬上了那只鋼梯，當然，艙蓋緊閉著，無法推得開來，木蘭花取出了藏在鞋跟中的塑膠炸藥來，貼在艙蓋上。

然後，她拉開了那一小團電線，人又爬下梯子來，她一直退到了她認為安全的所在，才將那電線在她另一隻鞋跟的一個金屬突起上碰了一碰。

她另一個鞋跟中，藏著小巧而又效力可觀的水銀電池。電線的一端，才一碰了上去，「轟」地一聲響。爆炸已然發生了。

在一片濃煙和轟隆連聲中，貨艙中登時亮了起來。

木蘭花自然可以肯定，那一下爆炸，已將貨艙的艙蓋炸了開來，她也知道，立時會有人來查看的，是以她立即向前奔去。

她到了鋼梯之下，緊貼著艙壁，站立不動。

她聽得甲板上，傳來了一陣喧鬧聲，不到半分鐘，便是驚心動魄的槍聲，自艙蓋口掃射了下來，子彈在貨艙中呼嘯著。

木蘭花早就料到會有這樣的情形了，所以，她躲藏的地方，是一個十分安全的角落，從艙蓋上射下來的子彈，根本射不中她。

槍聲持續了幾分鐘，才聽得有人道：「別放槍了！」

另外有人道：「木蘭花一定逃了出來！」

又有人道：「那是不可能的，她被釘在木箱中，木箱又被壓在紙箱之下，她怎麼可能逃出來？」

另一個人道：「別忘記，她是木蘭花啊！」

槍聲又漸漸停了下來，另外有人喝道：「少說話！」

木蘭花聽得出，那一下喝聲，就是那個在紅記貨倉中戴面具的人發出來的，他顯然是首領人物，因為在他的一聲喝斥之下，所有的聲音都靜了下來。

接著，木蘭花便聽到那人冷冷地道：「木蘭花，你果然名不虛傳，在那樣的情形下，竟然給你逃出了箱子，走了出來。」

木蘭花一聲也不出。

那聲音卻又響了起來，道：「木蘭花，沒有用的，你聰明，我也絕不笨，我們不會下來，不會給你任何機會！」

木蘭花的心陡然一凜，她躲在樓梯後面，就是想有人來察看究竟，那麼她就可以制住下來的人，進一步衝上甲板去了，可是那人顯然已經料到了木蘭花的計劃。

木蘭花仍然不出聲，她心中在迅速地轉著念。

那聲音又道：「木蘭花，現在，我們的船在公海上，你的朋友絕沒有辦法來救你，而船只要一靠岸，那就是我們的勢力範圍了！」

木蘭花一直忍著不出聲，她聽得甲板上有人道：「或許，我們剛才一輪槍聲，已經將木蘭花掃死了，怎麼聽不到她的聲音？」

那聲音立時又道：「胡說，你們當木蘭花是什麼人！」

木蘭花直到這時，才開了口，她冷冷地道：「多謝你看得起，但是，你想想，如果我在艙壁上也炸一個洞，那會怎樣？」

甲板上立時響起了一片竊竊私語的聲音，但是卻聽不到那人的聲音。顯然是木蘭花的話，令得那人受到了相當的震動。

大約在停了半分鐘之後，才聽得那人道：「如果是那樣，那麼，首先遭殃的是你，而我們，可以有足夠的時間用救生艇逃走！」

木蘭花又冷笑了起來，道：「那麼，這批貨呢？它們將永沉海底了，這對你來說，是一件巨大的損失，對不對？」

直到這時為止，木蘭花仍然不知道那麼多小金像之中，究竟有些什麼秘密，但是她卻可以肯定，那批東西一定極為重要。

果然，那句話生了效，只聽得那人發出了一聲怒吼，那人的這一下怒吼，表示他絕不能失去這批貨，他一定得想法子逼木蘭花離開貨艙。

木蘭花幾乎立即便料到對方用什麼法子了。

她連忙撕下一片衣服，紮住了鼻、口，然後，她從口袋中拔出一枝鋼筆來，那是一筒小型的壓縮氧氣，可以維持二十分鐘呼吸。

而氧氣的出口處，有一個活門，如果小心使用的話，裡面的壓縮氧氣，可以供人維持一小時之久，她將那筒小型的壓縮氧氣打橫咬在口中，舌尖頂住了氧氣出口處的活門。

就在那時，只聽到那人吼道：「看你還能躲上多久！」

幾乎是他的話才一講完，兩枚濃煙滾滾的煙幕彈已經拋了進來，「轟」、

「轟」兩聲響，兩枚煙幕彈爆了開來，滾滾濃煙迅速散佈。

木蘭花立時閉上眼睛，在濃煙迅速展佈時，她用舌尖頂開了氧氣出口處的活門，吹進了一口氣，然後，她停止了呼吸，像是不用任何器具潛水的時候一樣。

她維持了十秒鐘不呼吸，才慢慢地將氣呼了出來，接著，又吹了一口氣，那時，第三枚和第四枚煙幕彈也爆炸了。

整個貨艙之中全是濃煙，木蘭花也不敢睜開眼來，她只是向前奔出了幾步，故意弄得紙箱和艙壁乒乒乓乓一陣亂響。

然後，她又摸回原來的地方。

她聽得甲板上有人道：「她怎麼還不上來？」

有的說：「你沒有聽到剛才那些聲響麼？她一定已昏迷過去了，除非她是超人，不然，她有什麼法子抵受這樣的濃煙？」

那聲音道：「你們準備好了防毒面具沒有？將她拖上來，我還不希望她死，那邊的人對木蘭花很看重，或者可以有用。」

約莫有三個人答應著，道：「準備好了。」

那聲音怪聲怪氣笑了起來，這一次，他並沒有吩咐下來的人要小心一些，想來他一定認為木蘭花早已經昏過去了。

木蘭花聽得鋼梯上陸續有人爬下來的聲音。

在那時候，她只要隨便伸手，就可以應聲拉住一個人的足踝，將那人硬拖下來的。但是，木蘭花卻並未曾那麼做。

因為她那樣一來，一定會使人知道她並未曾昏過去的了。她要在濃煙之中，神不知鬼不覺地一個一個來對付他們！

從腳步聲聽來，一共三個人走了下來。

那三個人雖然戴著防毒面具，但一樣是無法在濃煙滾滾中看到事物的。他們也一樣伸手摸索著，木蘭花只是站立著不動，她用心傾聽著。

當她聽到有一個人漸漸走近她之際，她陡地跨了一步，突然一抬起腿來，膝蓋用力頂在那人的小腹之上。

那人立時彎下了身，在剎那間，那人還可能以為自己是不小心的撞到了什麼，是以他並沒有發出呼叫聲來。

而在那人彎下身來的一剎那間，木蘭花早已繞到了他的背後，在他頸際的大動脈上，用力劈了一掌，那人的身子立即軟了下來。

木蘭花在那人軟倒下去之際，拉了那人臉上的防毒面具來，罩在自己的臉上。她罩上了防毒面具之後，睜開眼來看了看。

透過一層玻璃鏡片，她看到濃煙正在迅速地奪艙而出，海面上吹來的是南風，是以，冒出艙口的濃煙，正滾滾在甲板上向北流去。

雖然濃煙不斷在冒出艙口。但是四枚強力的煙幕彈所產生的濃煙，實在太驚人了。貨艙之內，幾乎仍然什麼都看不清。

木蘭花只是向上看了一秒鐘，便立即決定了行動。

她俯身在那人的身上，找到了兩柄手槍。她將手槍放在袋中，摸到了鋼梯，迅速地向上爬去。

貨輪的甲板上全是敵人，木蘭花自然知道這一點。

但是木蘭花也知道，在濃煙隨風滾出的一邊，一定不會有人站立的。她摸索到艙口的時候，略為停一下。

艙中的濃煙奪口而出，一出了艙口，立時擴散了開來，是以整個貨艙口都是大團濃煙，濃煙恰好掩護木蘭花的行動。

木蘭花爬到了最後一級鋼梯，她的身子突然向上彈起，一彈起，就縮成了一團，順著濃煙滾出的方向，疾滾了出去。

濃煙一直滾到船舷處，才發散到海面，在海面上，仍然結成了一團，所以木蘭花在濃煙中滾動著，根本就沒有人發現她。

木蘭花滾到了船舷，她可以依稀看到，有一隻救生艇正覆轉著，縛在船舷，木蘭花割開了救生艇下的帆布，鑽了進去。

她進入救生艇之後的第一件事，便是用她的那根鋸條，在救生艇上挖了兩個小孔，將眼湊在小孔上，向外面張望著。

這時，木蘭花所能看到的，仍是一團團濃煙。

她聽得那人發出不耐煩的暴吼聲，道：「這三個飯桶，怎麼下去了那麼久，還未曾找到一個昏過去的人？」

他剛說了一句，便聽到有人道：「找到了，他們報告說找到了木蘭花。」

「叫他們快將木蘭花拖上來！」那人命令。

木蘭花聽到那人這樣說，心中不禁好笑！

她知道，在貨艙的另外兩個人，一定是摸到了那個被她擊昏過去的人，卻以為那個人就是木蘭花了。

木蘭花很想看看那個人的真面目，但是她卻無法達到目的，因為濃煙仍然不斷從貨倉中滾出來，她根本看不到任何東西。

木蘭花聽到了有人攀出鋼梯的聲音，接著，想來是那兩個人，已將他們的同伴自貨艙之中拖了出來，再接著，不到半分鐘，便聽到那人罵出了一連串難聽之極的話來。

一面罵，一面還夾雜著「劈劈啪啪」的聲音，那自然是那人已看到了這兩個人拖上來的是自己人，不但在捱罵，而且在吃耳光了。

木蘭花忍住了笑，她心想，那人不知道會不會想到，自己已經出了貨艙。如果他想到這一點的話，那就比較麻煩一些了。

但是木蘭花立即放下心來，因為他聽得那人道：「糟糕，木蘭花拿了一具防毒面具去，那她就可以不怕濃煙了！」

隨即她又聽到那人所發的怒吼聲，道：「集中火力，向下掃射，我不信木蘭花可以避得過密集的子彈。」

從那人所發的命令，可知他絕未曾想到木蘭花已出了貨艙！

震耳欲聾的槍聲不斷地響著，足足響了五分鐘之久。

自艙口冒出的濃煙，已漸漸稀少了。

木蘭花已可以看到，有六七個槍手持著手提機槍，向貨艙之中漫無目的地掃射，一架起重機的鉤桿，正在垂下來。

有一個瘦長身形的人，揮動著雙手，一面罵著人，一面在指揮著。那人背對著木蘭花，木蘭花更看不清他的臉面。

木蘭花知道，那人是準備將貨艙的所有艙蓋全都打開來。

木蘭花心中對那人倒也很佩服，因為她如果還在貨艙中的話，打開所有的艙蓋，的確是唯一的辦法。

木蘭花也知道，這條貨船是十分陳舊的，因為新型的貨船，艙蓋的開合，根本是自動的，無需勞動起重機將艙蓋鉤起來的。

起重機的鐵鉤鉤住了鐵纜，起重桿又漸漸上升，整個貨艙的艙蓋都被曳了起來，濃煙向上騰起，但是也迅速散盡。

那人站在艙邊上，木蘭花這時已完全可以看清他的面目了。當木蘭花看清那人的真面目時，她心中倒並沒有多大的驚訝。

因為她早已料到那人是王達！

那人果然是王達！

王達的真人看來比相片上凶得多，但是木蘭花還是一眼就可以肯定他是王達，就是那個在半年前被車「撞死」了的人。

如果王達真的被車撞死了，那他自然不會再在這裡指揮著，可知半年前的「撞車」事件，只不過是一個煙幕而已。

至於那個「煙幕」，是要掩飾什麼，木蘭花現在還不得而知，然而她可以肯定的是，一連串的謀殺案，都是王達幹出來的。

當濃煙突然冒起之際，站在貨艙邊的人，都向後退了退。王達厲聲喝道：「伏下，木蘭花的手中，有著兩柄手槍！」

貨艙邊的人都伏了下來。

王達自己也伏著，他自一個人的手中，接過了一柄手提機關槍，接著，他便大聲叫道：「木蘭花，你不想自己死在艙中，就快給我滾出來！」

木蘭花躲在救生艇中，緩緩抬起手來。

她的手中，已握定了一柄手槍。

那樣的距離，那樣的角度，她可以輕而易舉，一槍就射中那人的面門。

但是，木蘭花卻並沒有那樣做。

因為木蘭花已經看出，王達和他的手下決不是普通的犯罪集團，而是和大國政治勢力有關的組織，那是最難對付的組織。

如果是普通的盜賊集團，那麼，木蘭花若是一槍解決了首腦分子，餘下的盜賊便會慌亂起來，木蘭花便絕對佔有利地位了！

然而現在的那種組織卻不同，他們絕對沒有投降的餘地。木蘭花打死王達，也是沒有用的，她一定要想更好的辦法去對付他們。

王達繼續呼叫著，貨艙中的濃煙已經漸漸散盡了。

有幾個人同時叫了起來，道：「木蘭花不在艙中！」

但是王達仍然不信，道：「胡說，她一定躲在箱子中，看住她，一見她冒出來，立時對付她。電訊員呢？和前面聯絡好了麼？」

一個人將王達的話又高叫了一遍。

從船艙中，有一個年輕人走了出來，道：「聯絡好了，他們說，他們會派兵艦來，在海中將貨移交給他們，但錢方面——」

王達沉雙道：「怎麼樣？」

年輕人道：「他們說，照你提出的一半。」

王達又發出一陣極其難聽的罵人話來。接著，他才問道：「他們的艦隻什麼時候可以和我們會合？」

「他們報告了他們的航行位置。照雙方的速度來看，大約在四小時後，雙方就可以會合了，他們的船是一艘輕炮艦。」

王達「哼」地一聲，神色極其憤怒。

而在這時候，木蘭花的心中也不禁暗自地吃驚！

對方竟然用炮艦來接貨，由此可知，那一批小金像中，有著何等重要的秘密了，自己雖然已逃出了貨艙，可是僅僅一個人的力量，有什麼辦法可以阻止他們這種交易呢？

接受這批貨物的國家，一定極需要那種「貨色」，木蘭花想得到那是什麼國家。

而當她可以想到那是什麼國家時，她自然可以想到，小金像中的秘密是什麼。那一定是極其有用的軍用品，因為那個大國正是好戰成性，而且，一切力量在致力於武器的發展！

木蘭花心想，安妮拿去化驗，分析成分的小金像，一定已使警方有所發現了，那麼，警方是不是會和軍部立時採取聯絡呢？

在對方的炮艦還未曾出現之前，如果有大隊人馬趕到，還可以制止這場交易，但是如果對方的炮艦出現了，那麼除非聽任這場交易進行，否則，必然引起一場極大的國際糾紛！

木蘭花緊皺著眉，但是她卻也想不出有什麼妥善的辦法來！

7 黑吃黑

警局的秘密會議室中的氣氛，十分嚴肅。

在一張長長的會議桌旁，一邊是三個中年人。

另一邊是方局長、高翔，以及其他兩個高級警官。

那三個中年人，是軍部的高級情報人員。

坐在正中的那中年人，將雙手放在桌上，用沉緩的語調道：「我們早已接到情報，有二十磅極罕有的金屬，由美洲運來本市，再由本市運到某國去，他們用的是極其隱蔽的方法，我們直到現在，還不知道他們是用什麼方法來運輸的。」

高翔和方局長用心地聽著。

等到那中年人略頓了一頓時，高翔才問道：「那種稀有金屬是什麼？」

「是一種最新發現的元素，科學家還未曾正式定名，這種金屬，是一種極其良好的觸媒劑，在加速放射性元素的核子分裂上。有著極大的作用！」

高翔和方局長兩人，互望了一眼，高翔道：「這種新金屬，是發展新型核子武器必需的東西？」

「是的！」那情報人員攤了攤手，「這樣的稀有金屬，現在在全世界範圍之內，也不會超過一百磅，如果有二十磅到了某國的手中，足以使某國的核子武器得到超速的發展，那麼，現在世界的各國間的均勢就會打破，那是一件很可怕的事！」

高翔緊皺著雙眉，道：「我想問你一個問題，這種稀有金屬，是不是可以和普通的金屬，譬如鉛，混合在一起而不被發覺？」

那中年人搖頭道：「不可能，這種金屬，到目前為止，還未有與其他金屬混合的報告，但如果它和其他金屬在一起，是很容易發覺的。」

「用什麼方法？」

「用最普通的檢驗分析方法，就可以發現這種稀有金屬的存在，因為它的熔點特別高，而且，耐酸性能十分之低。」

高翔的雙眉皺得更緊，他自言自語地道：「那麼，就沒有可能了！」

那中年人怔道：「高主任，我們不知道警方發現了什麼，但是我們希望獲得任何有用的情報，警方最近有什麼特別發現？」

高翔道：「最近發生一件事，可以肯定是和某國有關的，因為某國的一個副領事牽涉在內，在一家貨倉中被我槍傷。」

那三位情報人員，立時全神貫注。

高翔接著又道：「首先，我們只當它是普通的謀殺案……」

高翔將整件事的來龍去脈，詳細講了一遍。

那三個情報人員用心聽著，等到高翔講完，其中一個，打開了一隻公事包，取出兩張相片來，放在會議桌上，高翔看了一眼，那兩張全是王達的相片。

高翔怔道：「這個人就是王達。」

那三個情報人員的神情，登時變得緊張了起來，道：「那麼，你所說的那批小金像，一定和這種稀有金屬有關！」

高翔還不知道他們何以說得如此之肯定，但是他卻搖著頭，道：「不是，我們曾將那小金像進行過精密的化驗分析，卻一無所獲！」

那三個情報人員齊聲道：「那是不可能的。」

「三位為什麼那樣肯定？」方局長問。

「這個人！」那中年人指著王達的照片，「他根本不叫王達，他也沒有什麼兄弟，他是一個極其危險的人，他是韓國人，其名叫朴浣臣。」

高翔一聽得「朴浣臣」三字，也吃了一驚，道：「是他！聽說他是亞洲最出名的情報販子，專門出賣情報，供應軍火！」

「是他，他有一個很完善的組織，來完成他那種冒險的任務，這個朴浣臣，直到現在為止，似乎還未失敗過。他的那種冒險事業，最大的傑作，是曾經供應南美某國的政變者整整五船軍火，因而使得政變者獲得政變的勝利！」

高翔在不由自主間站了起來，他也覺得事態十分嚴重了！

有那樣一個危險人物在其中，那一批小金像中，暗藏著那二十磅稀有金屬，似乎是毫無疑問的事了！

現在所不明白的只是，他們用什麼方法隱藏而已。

高翔吸了一口氣，向身邊的一位高級警官道：「請你去問一問，氣墊船和直升機的搜索結果如何，立即回來報告。」

那警官霍地站起，走出了會議室。

高翔又問那三位情報人員道：「事態如此嚴重，我認為軍部應該立即調派輕便的艦隻，來配合警方的行動，請與軍部連絡。」

那三個情報人員一起點頭。其中的一個，也站了起來，離開了會議室。

高翔來回踱著步，說道：「使人難以明白的是，王達就是朴浣臣，那麼，王通就根本不是他的哥哥了，朴浣臣又為什麼要在半年前假裝被汽車輾死？」

「這是一個十分簡單的問題，」那中年人說：「像朴浣臣那樣的情報販子，世界上並不止一個，那二十磅稀有金屬，是由另一幫人，從警衛森嚴的一家實驗室中偷出來的，朴浣臣卻來了一個攔路截擊，將那二十磅稀有金屬搶到了手。」

高翔「嗯」地一聲，道：「黑吃黑！」

「是的，那幫人給朴浣臣消滅了一大半，他們自然不甘心，而另外還有更多的人想得到那二十磅稀有金屬！」那中年人說著。

「它們自然很值錢了？」

「自然，價值是難以估計的，賣給自己根本無法提煉這種金屬，而在極需發展核子武器的國家，每磅索價一百萬美元，也不足為奇！」

高翔緩緩地吸了一口氣，道：「朴浣臣是為了逃避其他人的爭奪，所以才裝成被車子撞死的？」

那中年人點了點頭，道：「的是，他們同類之間，情報比我們還靈通得多，他們早已知道朴浣臣化名王達，混在本市，但我們卻還不知道，王達的死訊傳了出來，其他情報販子的爭奪自然沒有了對象，只得暫時停止，而王達卻並沒有死，可以躲在暗中繼續和某國談判，以索取高價！」

高翔點著頭，道：「我明白了，而這一批貨在倉庫中存了那麼久，自然是王達並不急於脫手，想取得更高價錢的緣故。」

那中年人點頭道：「正是，我們曾接到某國的高級人員曾到達本市的情報，自然是為了洽購這批稀有的金屬而來的！」

高翔站定了身子，道：「可是，還有一件事，我不明白，這種小金像，又怎會流出市面，被一個老婦人在醫院前面售賣的呢？」

那中年人也搖著頭，道：「我也不明白。」

他們自然想不到，這個問題更簡單，簡單到一講出來，就會令人啞然失笑的地步，那只不過是因為一個貪便宜的倉庫看守人，趁人不覺，割開了紙箱，偷出了一盒小金像來，交給他的家人去換取一些少得可憐的金錢，如此而已！

高翔又道：「那種金像，一共有三百箱之多，現在我們的估計是，其中的一箱之中，有若干小金像，全是那種金屬鑄成的，有沒有可能？」

那中年人道：「這是最大的可能，但是他們已經運出了這批貨，而某國的海軍力量又相當龐大，如果他們在海面上一旦已經會合，那就無能為力了！」

高翔不禁摸出手帕來，抹著額上的汗。

就在這時候，剛才走出去的警官走了進來，道：「高主任，剛才接到報告時，直升機已發現有一艘貨輪冒著濃煙。」

「那是我們要找的輪船？」

「報告說，從這艘貨輪離本市的距離，和航行的方向來看，是從本市航出的，而且，港務當局有這艘貨輪的入港紀錄！」

「離港紀錄呢？」高翔急問。

「沒有！」

「我們走！」高翔已向會議室外衝去。

那兩個情報人員，立時跟在他的後面。

他們三人一起衝出了會議室，跑步奔到警局後面的空地，跳上了一架直升機，不到一分鐘，直升機已經升空了。

在直升機中，高翔已利用無線電通訊和穆秀珍通話了，他第一句話就問道：「秀珍，你們發現的那貨輪怎樣了？」

穆秀珍道：「我現在正在望遠鏡中觀察它，它的船身冒出濃煙，但是又不像是失火，我們只能隱約看到它的船身。」

「它懸掛什麼國家的旗幟？」

「看不清楚，但是可以看到，那是一艘舊式貨輪，我們就是根據這一點，向港務當局查詢的。我們得到的回音是，它曾泊在紅記貨倉附近的碼頭，相信就是我們要追蹤的了。」

高翔忙道：「我們正在全速趕向前來，你們要小心，在輪船上的人，是亞洲著名的凶惡的情報販子，韓國的朴浣臣。」

穆秀珍顯然也曾聽到過朴浣臣這個人的名字，因為她立即回答道：「原來是這小子！」

在無線電話中，又傳來了安妮的聲音，道：「高翔哥，他們運的那批小金像中有什麼秘密，現在你已知道了麼？」

「知道了！二十磅稀有金屬，對發展核子武器有極大的幫助！」

安妮又道：「那朴浣臣——」

「他就是王達！」高翔回答。

穆秀珍和安妮兩人並不覺得奇怪，因為王達的行動如此神秘，「死」而「復活」，本來就是整件案中最可怕的人物！

這時，她們的直升機，離那貨輪漸近了！

從上空看下來，穆秀珍和安妮看到，貨輪的濃煙已漸漸散開了，安妮皺著眉，道：「秀珍姐，那輪上冒出濃煙，並不是失火！」

穆秀珍道：「是啊，看來好像是煙幕彈。」

安妮突然伸手抓住了穆秀珍的手腕，神情緊張地道：「秀珍姐，那船上的人，是不是在放煙幕彈對付蘭花姐？」

穆秀珍苦笑了一下道：「那很難說，我倒希望是那樣，因為那證明蘭花姐暫時沒有什麼事。」

穆秀珍和安妮說了兩句話，離那貨船已更近。

那時，不但她們在上空可以看到那艘貨輪，而且，還可以看到很多人在甲板上，那些人，顯然也已經看到了直升機。

穆秀珍沉聲道：「設法令貨輪停駛！」

直升機中的一個高級警官猶豫了一下。道：「穆小姐，這……只怕很難做到，在公海中，這貨輪沒有必要聽我的命令！」

「那就低飛攻擊它！」穆秀珍叫了起來。

那警官並沒有立時回答，但是看他的神情，他顯然不同意穆秀珍那樣的吩咐，而這時，無線電通訊儀中，也傳來了高翔的聲音。

高翔的聲音，聽來很焦急，道：「秀珍，有什麼新發現？」

穆秀珍忙將看到的情形講了一遍。高翔道：「秀珍，要小心，絕不能輕舉妄動，我們的快艇一定可以追上那貨輪的。」

穆秀珍急道：「蘭花姐在那船上！」

「我知道！」高翔回答，「那艘船既然由情報販子朴浣臣主持，船上自然也有攻擊性的武器，我們只好暫時監視它的行動！」

穆秀珍雙手緊緊握著拳，她沒有再和高翔說什麼，因為這時，直升機已經在那貨輪的上空了，她向駕駛員道：「飛得低些！」

這時，他們已可以看到，貨輪的一個貨艙的艙蓋已全被打開，有很多人站在貨艙之旁，他們甚至可以看到那些人手中的武器！

安妮有點神經質地叫了起來，道：「秀珍姐，你看船上這情形，蘭花姐一定是在貨艙中受著包圍。我們有什麼法子可以將她救出來？」

安妮的估計很對，當然，安妮未曾估得到，木蘭花早已藉著濃煙的掩護，出了貨艙，在救生艇下，暫時十分安全！

穆秀珍苦笑著，道：「我看沒有辦法！」

他們的直升機向下沉去。貨輪上突然響起了一陣機槍聲，直升機又迫得升高，就那樣僵持了半小時之久，高翔的直升機也來了。

高翔看到貨輪上的那種情形，也想到木蘭花可能是在貨艙之中，他的直升機在貨輪之上，盤旋了兩次，他毅然道：「放我下去！」

那兩個情報人員駭然地叫了起來，道：「你瘋了？」

高翔搖著頭，道：「當然不是，我要設法先令木蘭花脫離險境，才能有進一步採取行動的可能，我去和朴浣臣談談！」

「高主任，這人是一個禽獸！」一個情報人員警告著高翔，「你如果下去的話，他絕不會有任何的誠意來和你談判的！」

高翔苦笑了一下，道：「至少，我可以看到木蘭花！」

情報人員搖著頭，道：「那不起作用，你如果登上那貨輪，只有使我們更難對付朴浣臣。」

高翔的面色一沉，道：「這是什麼話，難道木蘭花在那貨船上。你們就可以不顧一切去對付朴浣臣，不必理會她了麼？」

軍部的情報人員並不瞭解高翔和木蘭花之間的那種深厚的感情，是以聽得高翔那樣說，而且大有怒意，不禁為之愕然。

高翔已不再理會他們的勸說，提高了聲音，道：「準備掛鉤，低飛，放我下去，等我到了貨輪之後，你們再採取行動！」

軍部的幾個情報人員還要再說什麼，但是高翔已站了起來。直升機的高度降低，艙底一個活門打了開來，高翔圍了一條腹帶，將鐵鉤扣在腹帶上，縱身一跳，便向下跳了下去，那鐵鉤連著一條尼龍繩，將高翔一直向下縋了下去。

當直升機突然降低高度之際，在貨輪上，又響起了一陣密集的機槍聲，高翔在那樣的情形下離開直升機，實在是十分危險的。

但是，高翔卻還是不顧一切地縋了下去。

因為在那一剎間，高翔根本沒有想到他自己，他所想到的，只是木蘭花在貨輪上，木蘭花既然在貨輪上，他就必須下去！

當高翔的身子晃悠著，離開直升機，向下落去的時候，自貨輪上傳來的機槍聲突然停止了，站在貨艙旁的王達，揚了揚手，道：「望遠鏡！」

一個大漢奔向他，將一具望遠鏡交到了他的手中。

王達將望遠鏡湊在眼前一看，便冷笑了一聲，低聲道：「歡迎，高主任！」

在他那樣說的時候，他的口角浮起極陰森的笑容！

高翔繼續向下落著，他離貨輪的甲板已只有十幾呎了，貨輪上的槍手，槍口幾乎全部對準了他，高翔的臉色很蒼白，但是他還是向下落著。

這時，躲在救生艇中的木蘭花，也想到一定有什麼意外發生了，可是，她卻無法知道，究竟是發生了什麼樣的意外。

她在救生艇上弄了一個小孔，從那小孔向外張望出去，視線的角度是受限制的，她無法看得到半空之中的情形。

但是，她早已聽到了盤旋在貨輪上空的直升機的「軋軋」聲，她知道，那可能是本市警方的人員已大批趕到了。

然而在木蘭花聽到了直升機的聲響時，她的心情卻也並未輕鬆些，因為她料到，要由空中進攻這艘貨輪，並不是那麼容易的事！

而且，對方的炮艦，在不到四小時之內就可以趕到，到那時，除了眼看他們進行交易之外，本市警方可以說沒有任何別的辦法！

她仍然急速地轉著念，如何才能制止這場交易的進行，如今貨輪上所有的槍手，個個都停止了發槍，抬頭向上望著，那使木蘭花知道有意外發生了，木蘭花心中立時閃過一個念頭，她想趁那機會，掀開救生艇，向王達撲過去！

但是，就在那一瞬間，她看到了高翔，她的心便向下一沉，同時，她也明白，那究竟是什麼意外了，原來是高翔離開了直升機，來到了貨輪上！

當木蘭花可以看到高翔時，高翔離貨輪的甲板已不過三四呎了，只是高翔抓住了鉤住腹帶的鐵鉤，用力掙了一掙。

他掙脫了那鐵鉤，手再一鬆，身子一曲，人已落在甲板之上，他才一落下，身子便已挺立，那時，足有二十柄手提機槍的槍口對準了他！

但是高翔仍然昂然而立，在他的口角，掛著十分輕鬆的微笑，他四面看了一看，目光便停留在王達的身上！

木蘭花在救生艇中張望出來，恰好可以看到高翔，和看到王達的背影，從高翔的神情看來，木蘭花知道高翔也認出王達是首領了。

高翔發出了「嗤」地一聲冷笑，道：「朴浣臣，你想不到我會來吧！」

王達一聽到「朴浣臣」三字，他的身子震了一震。

那時，不但王達震了一震，連木蘭花也不禁陡地一震。因為她從在紅記貨倉被制，就一直來到這一艘貨輪之上，這件事又有了什麼進展，她並不知道。

她並不知道王達的真正身分，然而木蘭花的見聞十分之廣，著名的情報販子，出名的危險人物朴浣臣的名字，她自然是早已聽說過的！

木蘭花在一震之後，不禁緩緩地吸了一口氣。

王達是朴浣臣的化名，在知道這一點之後，木蘭花也意識到了事情的嚴重性，因為對方是朴浣臣，那麼，這批小金像中的秘密，一定也是重要之極，接受小金像的某方，自然是勢在必得，那炮艦自然也正以全速趕到這裡來了！

而木蘭花也想到，她和高翔仍然處在極其惡劣的情勢之中！

木蘭花在迅速地轉著念，只聽得朴浣臣已經發出了一陣十分刺耳的輕笑聲來，道：「高主任，聽來，你好像已經知道了不少！」

「我知道了全部！」高翔回答著。

朴浣臣又怪聲怪氣地笑了起來，道：「很不容易，高主任，但是，你知道得越多，就越是你的不幸，你在甲板上，木蘭花在貨艙，你們兩人的命運都差不多，都逃不脫我的掌心。」

高翔一聽，忙向貨艙中望了一眼。

他的神色，看來仍十分鎮定，他沉聲道：「朴浣臣，你帶著你的人離開這艘貨輪，將那批貨留下來，你還可以逃走！」

朴浣臣「哈哈」大笑了起來，道：「高主任，你什麼時候改行做起海盜來了？你難道不知道這裡是公海，而且，你憑什麼要我離去？」

高翔向天上指了一指，道：「我們的直升機已然趕到，我們的快艇隊也立即就可以趕到，如果你再不走，就走不脫了！」

高翔的話還未曾說完，朴浣臣交叉著手，又放肆地笑了起來，道：「高主任，你知道的事，顯然還不是全部，要不然，你就不會這樣說了。」

高翔狠狠地瞪著朴浣臣，朴浣臣又道：「我想，在你的艇隊還未曾趕到之前，那早已和我聯絡好的炮艦，一定已先一步趕到了！」

高翔的神色變了一變，他顯然未曾想到這一點。

而在這時候，朴浣臣又發出了一陣得意之極的笑聲來，木蘭花緊緊地握著拳，她在想，如果她有辦法能夠和高翔通消息，那就好了！

那樣的話，她就可以叫高翔設法將朴浣臣逼過救生艇來，她就可以出其不意制住朴浣臣，那樣，局面就完全不同了。

可是，她有什麼辦法能和高翔通消息呢？

她只要一出聲的話，朴浣臣和他手下的槍手立時就會知道她的所在，那麼，她連僅有的一點優勢也化為烏有了。

高翔緩緩地吸了一口氣，道：「好了，你以為約定的炮艦會先一步趕到，但是你可知道，你運載的東西，我們早已知道了。」

朴浣臣冷笑著，道：「那是廢話。」

高翔冷冷地道：「朴浣臣，虧你當了那麼多年的情報販子，你難道不知道，你的秘密已經為我們所知。我們難道會容你和對方進行交易？你約定的那炮艦是不是能如期來到，還大有問題！」

高翔雖然沒有明說，但是他的話卻在強烈地暗示著，軍方會派艦隻去阻止某國的炮艦，使朴浣臣的約會變得沒有結果。

朴浣臣自然也知道自己想交到某國手中的，是多麼重要的軍事物資，那麼高翔所說的，也就未必是不可能的事了！

朴浣臣的神色也變得十分難看。

高翔凝視著他，過了好半晌，才聽得朴浣臣發出了一下冷笑聲來，道：「那也不要緊，高主任，有你和木蘭花在船上，我的船仍可以一帆風順地航行！」

高翔的雙手，緊緊地握著拳。

朴浣臣怪聲怪氣地道：「高主任，不必站在甲板上，甲板上風大，請你到船艙中去！」

高翔道：「木蘭花呢？」

「木蘭花？」朴浣臣說：「她喜歡躲在貨艙中，那就讓她繼續躲下去吧，而且，你們兩人分開，對我也更有保障些！」

高翔的雙手握得更緊，他明知憑他自己一個人，落到貨船上來，想要在朴浣臣和他手下那麼多訓練有素的槍手之間取得優勢，那是不可能的事。

但是，他想，他至少可以見到木蘭花。然而現在看來，連這一點也不可能了，他竟白白送上門來，成為朴浣臣的俘虜！

朴浣臣的聲音變得十分陰森，喝道：「高主任，請！」

高翔抬頭向天上看了一眼，兩架直升機仍在盤旋。

但是投鼠忌器，那兩架直升機中的人，明知木蘭花和高翔在貨船之下，他們卻也是一點辦法也拿不出來！

高翔並沒有呆立多久，慢慢向前走去。

他一動，立時有兩名槍手到了他的身後，那兩名槍手，手中手提機槍的槍口，離高翔的背部還不到一呎的距離。

而朴浣臣則在高翔的面前，高翔向前走，他向後退著。

高翔在走出了三四步之後突然一轉身，他身後的那兩個槍手慢了一步，槍口幾乎直撞到了高翔的背脊，高翔雙手突然向後反伸，抓住了槍口，雙臂一向前，抖了出去。

那一抖的力道十分大，抖得兩名槍手一個踉蹌，向前直跌了出去，撞向朴浣臣。朴浣臣的身形也十分靈活，立時向旁閃了一閃。

那兩個向前跌出的槍手，收不住勢子，「叭」地一聲仆跌在甲板上，而高翔一摔出了那兩個槍手，身形立時向後退去。

他退向救生艇，看他的動作，他像是想閃到救生艇之後，以救生艇作掩蔽物，和甲板上的那些槍手展開對峙的。

但是，他才一退到了救生艇之前，只聽得連聲呼喝，四五把手提機槍已經指定了他，朴浣臣厲聲喝道：「高翔，你再動一動！」

高翔靠著救生艇站著。在那樣的情形下，他竟是沒有法子動的了！

在他的身邊，雖然帶著不少威力十分強大的小型武器，然而，他根本沒有機會動用，他只要略動一動手，四、五把手提機槍，便會一起向他發射！

朴浣臣怒容滿面，道：「高翔，在我的船上你還要反抗，那實在是太不知趣了，你別以為你無往而不利！」

高翔的神態反倒十分鎮定，他道：「我無往而不利？那或者只是你的想法，至少我現在就並不利！」

朴浣臣冷笑著，道：「你再妄動，更不利的事還在後頭！」

高翔的身子，在那瞬間突然震了一震。

他那一下震動，是人人都可以看得出來的。但是看到高翔子震動的人，都以為高翔是聽到了朴浣臣的話，心中吃驚所致。

只有高翔自己一個人才知道，他的身子為什麼震動！

因為在那一瞬間，他感到他的背後，有什麼東西連連輕點了幾下。他背靠著救生艇而立，而他的背部卻有東西在點他，那實在是不可思議的事！

尤其，在如今那樣的情形下，他實是無法不震動！

但是，他的震動，卻只是極短時間的事！

他立時覺出，在他背後的點動，對他是沒有惡意的，而且，點得有輕有重，從那種不同的點動，高翔立時明白，那是簡單的摩斯電碼。

而且，在不到二十秒鐘之間，高翔也已在心中解出了電碼來，在剎那間，他心中的高興，實在是任何言語所難以形容的。

因為他讀出來的一句話是：我是木蘭花！

高翔略挺了挺身子，他早料到木蘭花一定會自己照顧自己，但是他卻也想不到木蘭花竟有本事，在那樣劣勢之下。神不知鬼不覺地躲在救生艇之中！

朴浣臣顯然還不知道發生了什麼事，他仍然在冷冷地道：「高翔，如果你不想你的身子變成蜂窩，那就得乖乖聽我的吩咐！」

高翔仍然站立著不動。

但是在這時候，木蘭花卻不斷地自那小孔中，用槍口點動著高翔的背部，使高翔明白她要說些什麼，高翔心中得出來的字句是：

「將他引到救生艇前面，我可以出其不意制住他！」

高翔在明白了木蘭花說什麼之後，大聲道：「我知道了！」

高翔大聲回答著木蘭花，但是在朴浣臣聽來，卻像是在回答他，是以他道：「你知道了這一點，對你來說，就好得多了！」

高翔道：「現在你要我做什麼？」

「到艙中去！」

高翔道：「那麼我可以移動了？」

「除了走向船艙之外，別再做蠢事！」

高翔吸了一口氣，身子離開了他靠著的救生艇，向前走出了一步，高翔一走出，他又向後退了一步。

8 天網恢恢

高翔本來暫時未曾想出用什麼法子，可以將朴浣臣逼到救生艇旁邊去，但這時他一看到朴浣臣後退，心中便陡地一動！

他知道，朴浣臣雖然佔著上風，但是仍然十分顧忌他，絕不能背對著他，只要這一點不錯的話，那麼，就有辦法了！

高翔腳步停了一停，又向前跨出了一步。

朴浣臣又向後退去。

這一次，高翔並不再停留，身子斜著，仍向前走去，他每走出一步，朴浣臣便後退一步。

高翔一直斜著身子走著，不一會，他已轉了一個半圓，朴浣臣一直後退著，兩人站立的方向，已完全轉了一個位置，變得是朴浣臣背著救生艇了！

朴浣臣也看出高翔的行動有異，然而他絕料不到，高翔的目的，是要逼他到救生艇之前去，他怒道：「高翔，你在攪什麼鬼？」

高翔道：「沒有什麼，我想和你談談。」

他一面說，一面又向前走出了一步。

朴浣臣再向後退，那時，朴浣臣離救生艇，只不過四五呎了！

他怒道：「少廢話，快到船艙去，你走不走？不走，我立時下令掃射！」

在高翔在甲板上走動之際，四五柄手提機槍的槍口始終跟著他，一直瞄準著他的身子，高翔攤了攤手，道：「何必那麼緊張，我只不過想和你談談而已！」

「談什麼？」朴浣臣問。

「你那一批貨賣給某國，一定可以得到很多的價錢，但是某國的獨裁政權，是毫無信義可言的，你以為一定可以收到代價麼？」

朴浣臣冷笑了起來，道：「這就是我的神通，全世界，敢和他們進行這種交易的，只有我一個人，只要他們還有要求我之處，那麼，他們就不敢難為我。」

高翔側了側頭，道：「看來，你和他們的交易已不是第一次了？」

朴浣臣怒喝道：「不關你的事，進艙去！」

高翔又向前走出一步，但是這一次，朴浣臣卻沒有後退，高翔的心中不禁暗暗焦急，然而，他卻不得不裝出一副若無其事的神氣來。

他道：「朴浣臣，你想想，我明知這艘貨船是你的勢力範圍，我為什麼會下來？難道我會愚蠢到那種程度麼？」

朴浣臣瞪大了眼，並不出聲。

高翔壓低了聲音，道：「你是情報販子，你的目的，是將你手中的貨色賣出去，條件是價高者得，主顧是誰，你是不在乎的，對不對？」

高翔壓低聲音之際，又踏出一步。

一個人壓低聲音講話之際，接近講話的對象，那是自然而然的事，朴浣臣好像對高翔的話很有興趣。但是他仍然要求高翔保持一定的距離。

是以他又後退了一步，更接近救生艇了！

朴浣臣奸笑著，道：「原來高主任也對這批貨有興趣，不知道高主任出的價錢是多少，又不知道交易的信用怎樣？」

高翔眼看已可以將朴浣臣逼到救生艇之前去了，他笑起來，道：「朴浣臣，你冒著那麼大的危險，將這批貨在倉庫中存了那麼久，一定是有原因的，我想，原因就是價錢的問題，對不對，現在，你倉皇求售，那一定吃大虧了！」

高翔的那幾句話，都直說進了朴浣臣的心坎之中！

因為朴浣臣正為了對方趁機將價錢壓得十分低。而心中極度憤怒，是以他在明白了高翔的話之後，發出了一下悶哼聲來。

高翔又道：「而我的價錢是……」

高翔說到這裡，故意停頓了一下。

他知道自己的話，已經吸引了朴浣臣的注意力，那麼，他這句話，就會引得朴浣臣全神貫注來傾聽，木蘭花更容易下手了！

果然，就在他腳一停之際，朴浣臣的身子向前微微地傾著，表示他正急於想知道，高翔究竟可以開出什麼樣的價錢來。

而這一切，幾乎是在半秒鐘之內發生的事！

高翔的話才一停頓，木蘭花已經揭開了救生艇下的油布。

事情發生實在太快了，以致朴浣臣聽到了身後的聲響，只是略呆了一呆，根本連轉過身來的念頭都未曾起，木蘭花的身子已經站直，疾伸手臂，箍住了朴浣臣的脖子，而木蘭花手中的槍，也緊緊抵在朴浣臣的後心之上。

高翔一看木蘭花箍住了朴浣臣的脖子，身形立時一轉，轉到了木蘭花的身邊，和木蘭花並肩而立。

這一下突如其來的變故，實在太意外了，以致甲板上那麼多的槍手，在剎那之間，都呆若木雞，不知道該如何應付才好。

木蘭花箍住朴浣臣的手臂十分用力，朴浣臣的臉漲得通紅，可是卻沒有法子發出聲音來。

等到高翔已到了木蘭花的身邊，木蘭花鬆了鬆手臂，朴浣臣立時發出了一下驚天動地的怒吼聲來。

高翔笑著，順手在他的頭頂拍了一下，道：「你何必那麼大聲？難道要你的同伴，向你的身上掃上一些子彈麼？」

朴浣臣的臉色由紅而青，他厲聲道：「你們制住了我，有什麼用？你們怎敢殺我？和我約定的炮艦快要到了！」

木蘭花並不理會他，只是向高翔道：「快和直升機聯絡，令他們派人下來，帶這位情報販子先生上直升機去！」

那些槍手直到這時，才從極度的錯愕之中驚醒了過來，他們向前逼進了一步，高翔大聲喝道：「你們誰要是妄動，朴浣臣就沒有命！」

高翔在大聲呼喝之際，望定了朴浣臣。朴浣臣雖然心中怒極，但是那樣的情形下，他卻也沒有辦法可想。他啞著聲音，道：「你們別動！」

高翔已經想好了，只要制住了那些槍手，那麼，他就撕開自己的上衣，當作旗子，用旗語通知直升機上的人員，先將朴浣臣帶走。

可是，他還未曾將衣服脫下，他看到船艙之中，又走出了一個人來，那人一出來，槍手便紛紛向後面疾退了開去。

從那種情形來看，那人無疑是一個重要的人物。

而朴浣臣在那人出來之後，神色也變得很難看。

高翔疾聲喝道：「你是什麼人？」

那人緩緩地走來到近前，笑了一笑道：「我姓顧，名益夫，我想，兩位一定是早已聽說過我的名字的了！」

顧益夫！

這名字對木蘭花和高翔而言，自然一點也不陌生！

顧益夫，就是「王達給車撞死」的四個證人之一，其餘三個證人都死了，其中之一，甚至是夫妻兩人雙雙遇難的。

而顧益夫是「金色天堂」號郵輪的大副，高翔和木蘭花到輪船公司去查問他的時候，船公司的答覆是他在船上，木蘭花還曾為他的安全而擔憂！

可是如今，這個顧益夫卻在這樣的情形下，突然出現！

高翔冷冷地道：「你們的首領在我手中，你大概不想他死吧！」

顧益夫突然十分怪異地笑了起來。

木蘭花和高翔在一時之間，還不明白顧益夫忽然這樣怪聲怪氣笑著，是什麼意思，朴浣臣卻已經怪叫了起來。

只聽得朴浣臣叫道：「老顧，你別亂來！」

顧益夫向朴浣臣微微一鞠躬，道：「朴先生，我們的組織有很多成員，不是早有規定，首領如果為敵所制，副首領應該當機立斷，以利益為重的麼？」

朴浣臣急速地喘起氣來。

顧益夫又笑道：「所以，高主任，蘭花小姐，你們料錯了，朴先生並不重要，重要的是我們大家的利益，我們絕不肯犧牲的！」

高翔和木蘭花陡地一呆。

就在那一瞬間，顧益夫一揚手，他的手中已多了一柄小刀，「啪」地一聲，四吋來長，極其鋒銳的刀鋒已彈了出來。

朴浣臣驚叫道：「老顧！」

而高翔也在這時陡地向前竄去，一掌向顧益夫的手腕劈了下來。顧益夫手腕一翻，一刀向高翔的胸口刺了過來。

高翔的身子向後一仰，右腳已經飛起，踢向顧益夫的手腕。

這時，高翔已看出顧益夫想殺朴浣臣，他自然不能容他行凶，因為朴浣臣若是一死，他們的優勢立時消失了！

顧益夫避開了高翔的一掌，他手中的小刀反刺高翔，將高翔逼退了開去，他絕想不到，高翔的反攻之勢，竟來得如此之快！

高翔的那一腳，「啪」地一聲，踢在他的手腕之上，踢得顧益夫發出了一聲怪吼，身子陡地一閃，幾乎跌倒在地上。

而他的手腕一被踢中，五指一鬆，手中的匕首，「啪」地一聲，也跌在甲板之上，高翔還想再向他撲了過去，可是顧益夫已然以極快的動作，拔出槍來。

一看到他拔槍，高翔就可以肯定他立時會發射的，是以高翔立時臥倒在甲板上向外滾去，一面叫道：「蘭花，小心！」

他身影才一臥倒，「砰」地一聲，槍已響了，子彈就在他的身邊呼嘯掠過。

顧益夫先發一槍，射向高翔，跟著，就射出了第二槍！

他第二槍，是射向朴浣臣的！

木蘭花拉著朴浣臣，陡地向旁一閃。

木蘭花早已料到顧益夫在向高翔射出了第一槍之後，便會對朴浣臣不利的，是以她那一閃，可以說來得十分及時。

顧益夫的第二槍又已射空。

木蘭花已經準備還手了，在那樣的距離之下，木蘭花幾乎是閉著眼睛也可以射中顧益夫的，如果不是朴浣臣在那時候，突然發狂也似的掙了一掙的話。

朴浣臣突如其來的一掙，令得木蘭花的身子突然跌出半步，木蘭花就在那時扳動機槍，她的子彈射向半空。

朴浣臣在掙脫了木蘭花之後，像是瘋了一樣，發出了一下怪叫聲，向顧益夫撲了過去，顧益夫連續地扳動著槍機。

一下，兩下，三下，四下，四顆子彈一起射進了朴浣臣的身子，朴浣臣撲到了顧益夫的身子，雙手向前直伸了出去。

看他的情形，像是想將顧益夫活活掐死！

但是，當他伸出雙手去的時候，他的身子已向前倒下去，「砰」地一聲響，仆在甲板上不動了。高翔在那時候，也已翻到了木蘭花的身邊。

他們兩人迅速地來到了救生艇的後面。

顧益夫在殺了朴浣臣之後，大聲叫道：「你們這些蠢豬，呆立著作什麼？還不快開槍？」

那些槍手眼看著顧益夫和朴浣臣兩人火拚，都呆住了，直到顧益夫大聲一喝，他們才一起用槍口對準了救生艇。

然而在這時候，高翔雙手連揚，早已拋出了六枚小型手榴彈，那六枚小型手榴彈的體積，不會比一粒橄欖更大，但是爆炸的威力，卻與一般普通的手榴彈無異。

那六枚手榴彈發出了接連的六下巨響，在甲板上開了花。反應再快的槍手，也只不過來得及掃出一排子彈！

在那樣的情形下，子彈自然掃不中高翔和木蘭花兩人，高翔一拋出了手榴彈，便貼著船弦，向前迅疾地穿了出去。

木蘭花緊緊跟在高翔的身後。

他們兩人穿出了幾步，猛烈的爆炸，幾乎將他們拋下了海中，他們伏了下來，緊緊地抓住了船弦，身子左右搖晃著。

在爆炸的濃煙、火光之中，他們看到，至少有七八個人，被爆炸震得向上直拋了起來，不是跌進了海中，便是重重地摔倒在甲板上。

木蘭花和高翔知道，這六枚手榴彈，即使未曾將那些槍手全部殲滅，也足以令得剩下來的人為之喪膽了！

爆炸一停，他們便又向前直衝了出去。

在甲板上，又響著一陣陣槍聲。

他們兩人來到了船艙之前，高翔側著身，「砰」地撞開了門，艙中有一個人張皇失措地站了起來，高翔一個箭步穿了過去，抓住了他的胸口。

木蘭花立時喝道：「電訊室在哪裡？」

那人的上下兩排牙齒相磕著，發出一連串的「得得」聲來，道：「在……在……」

木蘭花喝道：「少廢話，快帶我們去！」

那人又忙道：「是！是！」

高翔鬆開了那人的胸口，推得那人轉一個身。

那人急急地向前走著，走出了那船艙，經過了一條約有二十呎長的走廊，他指著走廊盡頭的一扇門，道：「就在那裡！」

木蘭花忙道：「高翔，你看守著，別讓人偷進來！」

高翔揚起掌來，一掌劈在那人的腦後，那人立時昏了過去。這時，已聽得顧益夫怪叫著，道：「他們逃進船艙去了，快進去將他們殺了！」

木蘭花道：「你一人行麼？」

「行！」高翔立時回答。

木蘭花一推門，走進了電訊室。

木蘭花之急於要找電訊室，是因為她有兩件十分緊急的事要做。

首先，她要盡可能制止某國的炮艦前來，其次，她要和警方的直升機聯絡。

她一走進了電訊室，一個電訊員便吃驚地轉過頭來。那電訊員才一轉過頭來，木蘭花的槍口便幾乎已直送到了他的面前！

電訊員在電訊室中，顯然根本不知道甲板上發生了什麼事，是以當他突如其來看到對準了他的槍口，和握槍的人是木蘭花時，他臉上那種驚懼交錯的神情，簡直是難以形容的。

木蘭花已沉聲吩咐道：「聽我說，你們和某國炮艦聯絡的呼號是多少，快和他們聯絡，照我的吩咐去做，不然，就──」

木蘭花並沒有再向下說去，只是「卡」地一聲，扳下了手槍的保險掣，那比說任何話更加有力量。

那電訊員的臉色變得鐵青。

木蘭花「哼」地一聲，道：「聽到了沒有？」

那電訊員忙道：「是！是！」

他轉過身去，在無線電按掣上按著，叫著呼號，不一會，就有了反應，那電訊員道：「銀翼，銀翼，我們是出賣，是出賣！」

「出賣，」從無線電通訊儀中傳出的，是一個極其粗魯的聲音，「我們正全速在接近你，不到預算的四小時，就可以看到你們了！」

木蘭花站在電訊員的身後，大聲道：「銀翼，去叫你們的負責人來，出賣有重要的消息要和他交換，極其重要的消息！」

那邊停了大約半分鐘，大約是木蘭花的話，實在太突如其來了，過了半分鐘之後，才聽到一陣「格格」聲，接著，是另一個人的聲音，道：「什麼事？」

木蘭花也不知道那是什麼人，但既然不是第一個講話的那人，那自然是對方的重要人員了，是以木蘭花道：「只有一句話，買賣取消了！」

那聲音停了一兩秒鐘，發出了一句極其難聽的罵人話來，然後咆哮道：「這是什麼意思？說取消就取消，你是誰？代表誰說話？」

木蘭花沉聲道：「我代表『出賣』，買賣取消了！」

從無線電訊儀中，傳來了「砰」地一聲響，顯是那人極其惱怒，用力一掌，拍在桌上，然後聽得那人罵道：「胡說，我們的接觸不是第一次了，這一次，先是漫天開價，現在又要取消了，哪有那樣的事！全速航行，追上他們！」

那人最後這八個字，顯然不是對木蘭花說，而是在下達著命令，木蘭花又立時聽得有另一個人答應道：「是，司令！」

接著，「答」地一聲，無線電通訊便中斷了！

木蘭花呆了半晌，她想阻止某國炮艦繼續前來的企圖，已經失敗了！

但是，高翔阻止顧益夫和槍手追進來的措施，卻十分成功，木蘭花一進了電訊室，他就推開了一扇門，那是一個船員艙。

艙中並沒有人，高翔閃身入內，已看到兩個槍手，持著手提機槍，小心翼翼地走了進來，那兩個槍手也都已受了輕傷。

高翔早已握了發射麻醉針的特製手槍在手，他一看到了那兩人，便射了兩支麻醉針，極其輕微的「嗤嗤」兩聲過處，那兩個人陡地一呆，身子便已向前直仆了下來。

在他們仆跌下來之際，手一鬆，兩柄手提機槍在地上疾滑了過來。

當兩柄手提機槍滑到了高翔的身前之際，高翔伸出一隻腳來，阻住了那兩柄手提機槍。接著，足尖一勾，已將槍勾了過來。

高翔的腳才一縮了回來，一陣驚心動魄的槍聲便響了起來，子彈呼嘯著飛了起來，如果高翔的腳縮得慢一些，很可能已被掃中了！

高翔立時提起了一柄手提機槍，扳動了槍機，子彈開射了過去，走廊口子上，立時靜了下來，只聽得顧益夫在罵道：「衝進去！衝進去！」

可是只聽得顧益夫叫嚷，卻不見有人衝進來。

高翔心中不禁好笑，自然不會有人敢衝進來，因為高翔得了地利之便，衝進來的人，實在是一點逃生的機會都沒有的！

顧益夫在破口大罵，但是卻有人回答他，道：「顧先生，衝不進去的，高翔和木蘭花守在裡面，誰能衝得進去？」

顧益夫罵得更凶，呼嘯的子彈不斷地掃進來，但是根本射不中高翔，高翔甚至優閒地靠在門口，看著子彈在他的面前呼嘯而過。

那時，在電訊室中，木蘭花已和直升機取得了聯絡，那電訊員也被木蘭花擊昏了過去，倒在一邊。

木蘭花首先聽到的，是穆秀珍和安妮的呼叫聲，她們兩人一起叫道：「蘭花姐！」

木蘭花忙道：「聽著！我和高翔都沒有事，但是，某國的炮艦，在極短的時間內就可以趕到，我們沒有艦隻派出來麼？」

穆秀珍還沒有回答，木蘭花便聽到了另一個人的聲音，道：「我是軍部的情報人員，蘭花小姐，軍部已調派一隊輕型巡邏艇趕來了。」

木蘭花疾聲叫道：「請他們全速前來，越快越好。」

「是，」軍部的情報人員回答著，「某國的炮艇，從哪一個方向來？」

「這是最困難的一點，我不知道，我曾試圖阻止他們前來，但是不成功，對方似乎有一個很重要的人物在炮艦上。」

「是誰？」情報人員立時問。

「我也不知道，但是他的部隊稱他為司令，他為人極其粗魯，動不動就破口罵人。」木蘭花回答著。

她聽得那情報人員吸了一口氣，道：「那可能是某國的東方艦隊魯司令，看來，他們是勢在必得的，你們能控制貨輪的駕駛室麼？」

「不能，我想，必要的時候，要請軍方派噴射機來，尋出對方炮艦的位置，阻嚇他們，不讓他們繼續前進，不然就很麻煩了。」

情報人員只是苦笑著，道：「那……那樣做，某國暫時吃了虧，一定會在事後提出嚴重抗議，那就變成國際糾紛了。」

木蘭花道：「是的，那要請軍方考慮，在貨輪上的那批東西是不是可以落在對方的手中而定。」

「當然不能，」情報人員回答，「那是二十磅特種金屬，在發展強力的核子武器中，有著重要的作用，萬萬不能落在他們的手中！」

「那就請他們派噴射機隊吧！」木蘭花說著。

那情報人員道：「好。我設法和軍部聯絡！」

木蘭花將電訊室的門，打開了一些，她一側身，站在門邊，叫道：「高翔，你怎樣？」

高翔高聲應道：「我很好，秀珍已知道我們沒事了麼？」

高翔的話，被密集的槍聲幾乎全蓋了過去，但是木蘭花還是聽到了，她大聲回答道：「知道，她們都十分高興！」

顧益夫在走廊惡狠狠地道：「她們高興得太早了！」

木蘭花冷笑了一聲，高翔立時又向走廊口，掃出了一排子彈，木蘭花等槍聲稍停，才道：「顧益夫，你已經完了！」

「你才完了！」顧益夫叫道：「某國的炮艦快到了！」

木蘭花笑了起來，道：「真可惜，我只講了一句話，你的希望就破滅了！」

顧益夫怒道：「你說了什麼？」

木蘭花道：「我說：銀翼，我是出賣，我們之間的買賣取消了，你們不必和我們接觸了，你想，他們難道還會來麼？」

顧益夫立時發出了一聲怒吼。

但是，接著那怒吼聲的，卻是一陣怪笑，顧益夫道：「對，你或者那樣說過，但是他們一定仍會來，因為他們太希望得到這東西了！」

木蘭花不禁呆了一呆，她本來是想令顧益夫相信他已沒有希望，那麼，對她此時的處境便會有利得多，可是顧益夫卻不相信。

現在，唯一的關鍵就是，對方的炮艦如果先一步趕到的話，那麼，就什麼都完了，而如果那一隊輕型巡邏艇可以先趕到的話，那就不同了！

木蘭花沉聲道：「高翔，你仍然守著。」

高翔大聲答應道：「放心！」

木蘭花又回到了電訊室中，道：「軍部的答覆如何？」

那情報人員道：「一小隊噴射戰鬥機已然起飛，但是不知道炮艦的位置，可能要費一些時間，才能找得到他們，而且，就算真是找到了他們，也不能向他們開火，如果開火的話，那就不是國際糾紛，簡直會引起世界大戰的了！」

木蘭花苦笑道：「當然不是要向他們開火，但是要向他們作盡量的騷擾，我們的艦隊怎樣，究竟還要多久才能趕到？」

「我們的艦隊——」那情報人員才講了一半，便突然停了下來。

木蘭花立時知道，有什麼意外發生了！

她忙問道：「怎麼了？」

她聽得安妮發出了一下呻吟似的聲音，道：「蘭花姐，我已經在望遠鏡中看到某國的炮艦了，正全速駛向前來，而且，貨輪也正向前迎去。」

木蘭花的心向下一沉，她立時道：「快通知噴射機隊，在噴射機隊未趕到之前，你們兩架直升機也可以設法低飛，去困擾它！」

一個情報人員道：「好，我們試試！」

木蘭花緊握著手，她的手心中直冒著汗！

在那兩架直升機的機艙中，氣氛也緊張到了極點！

一個情報人員在和軍方聯絡著，報告著某國炮艦的位置，兩架直升機，都以相當的速度超過了貨輪，向前飛去。

安妮不斷地咬著指甲，道：「秀珍姐，我們有什麼法子，可以阻延一艘炮艦的前進？」

穆秀珍緊咬著牙齦，道：「沒有辦法，也得試試！」

直升機向前飛去，炮艦在向前駛來，十分鐘之後，從長程望遠鏡中看來，某國的炮艦已經可以看得十分之清楚了。

那是一艘中型的炮艦，正在全速前進，艦首的白浪衝得高高地，安妮著急說：「唉，噴射機隊怎麼還不快些趕來？」

她的話還未曾講完，便聽得一陣驚天動地的轟隆聲，自半空之中發了出來，三架銀灰色的噴射機，以超高速的速度掠了過去。

在安妮聽到聲音之際，三架飛機已飛到了某國的炮艦上面了，那三架飛機，在接近炮艦之際，幾乎是貼著海面飛過去的。

然後，它們的機首突然仰高，在炮艦上掠過。

當三架噴射機在炮艦的上空疾掠而過之際，機尾噴出了大量的白煙來，白煙幾乎將整艘炮艦全都遮住了！

而三架噴射機在升空之後，在半空之中，劇翻了一個觔斗，劃出了一個圓圈，那艘炮艦還未曾衝出白煙的包圍，三架噴射機又已呼嘯著俯衝了下來。

那三架噴射機俯衝下來時，聲勢之駭人，實在是難以形容，飛機疾掠而過之後，又是大蓬白煙，將炮艦一齊罩住！

炮艦的前進速度，在那樣的困擾之下，顯然已經減慢了不少，安妮持著望遠鏡，不斷地四面看著，她突然又尖聲叫了起來！

木蘭花的聲音傳了過來，道：「安妮，我聽到噴射機的聲音，現在的情形怎樣了？」

安妮緊張地不斷喘氣，她道：「蘭花姐，我看到了，我們的十二艘輕型炮艇正在全速前進，他們來得十分之快！」

「某國的炮艦呢？」木蘭花問。

安妮忙又轉過頭去，道：「三架噴射機正在噴出大量白煙，困擾著它，但是……但是它的速度，看來仍然十分快。」

木蘭花道：「照你看來，哪一方面可以先到？」

安妮苦笑了起來，道：「如果貨輪靜止不動，那麼，我們的艇隊可能先到，但是現在貨輪也正以極高的速度在駛向炮艦！」

木蘭花笑道：「聽著！和艇隊聯絡，他們若是趕到得遲，那沒有話說，如果先趕到，那就以十艘炮艇，一字列開，迎向某國炮艦，只要有兩艘接近我們，登上貨輪，來接應我們就行了！」

安妮和另一架直升機上的情報人員，是同時聽到木蘭花的聲音的，一個情報人員不禁嘆道：「蘭花小姐，想不到你竟有指揮海戰的能力！」

但是，木蘭花卻並沒有聽到這一句讚美，因為她一吩咐完畢，便衝出了電訊室，來到了高翔的身邊，道：「我們必須制止貨輪的前進！」

高翔呆了一呆，道：「可是我們衝不出去。」

「那就破壞貨輪！」木蘭花毫不猶豫地回答，「你身邊還有什麼強力的破壞性武器？」

「有，」高翔在他的上衣袋中，摸出了兩個小小的硬方盒來，每一隻盒子和二十支裝的香煙盒差不多大小，「這是強力炸藥。」

「設法將船身炸一個洞！」木蘭花道。

高翔望著木蘭花，當他接觸到木蘭花堅毅無比的眼神時，他也不再猶豫了，他拉開了盒上的掣，身子閃了一閃，走向外，用力拋出了一隻盒子。

「轟」地一聲巨響，在走廊口上傳了過來。

那一下爆炸之強烈，令得高翔和木蘭花兩人也撞進了艙中，他們兩人立時沉穩了身子，高翔提著手提機槍向外衝了出去。

木蘭花緊跟在高翔之後，他們兩人幾乎沒有受到任何阻礙，因為那麼強烈的爆炸，使得在走廊口上的顧益夫和槍手幾乎已不剩下什麼了！

他們一衝到走廊口，鑽進了船艙，只見兩個人倉皇走了過來，木蘭花連發兩槍，將那兩個人射倒，高翔已將另一盒強力炸藥，拋進了通向駕駛艙的一個孔口。

在駕駛艙中發生的那一下爆炸，發出了一聲悶響，高翔和木蘭花兩人被震得在甲板上打著滾，幾乎滾下海中去！

當他們可以站起來時，船身已傾側了，濃煙自駕駛艙冒上來，連甲板上也開了一個大洞，可知爆炸力是何等之強！

他們兩人在甲板上向上爬著，爬上了船艙的上面。

當他們爬到船艙最頂部之際，他們也可以看到某國的炮艦了，但同時，他們也看到，十二艘輕型炮艇正在全速前進！

在直升機的軍部人員，顯然已經傳達了木蘭花的話。兩艘輕型炮艇迅速接近貨輪，十艘炮艇一字排開，向前迎了上去。

某國的炮艦看來並沒有退縮之意，雙方之間的距離，在迅速地接近，轉眼之間，已只有四分之一海浬了！如果某國炮艦再繼續前進，那麼，一場海戰已不可避免要爆發了！

木蘭花和高翔兩人緊張得手心直冒汗，他們甚至聽不到噴射機疾掠而過的聲音，雙方的距離更近，直到只有三百碼時，才看到某國的炮艦突然調了頭，在海面上，劃出了一個半圓，向原來的方向駛了回去，那自然是某國炮艦考慮到真要開火的話，絕佔不到優勢。是以才退步了！

木蘭花和高翔兩人，高興得緊緊握住了手！

在貨輪未曾沉沒之前，那三百箱小金像就被搶搬了出來，等到小金像送到了軍部，經過詳細的檢驗，秘密才被揭露。

那種稀有金屬的確是在小金像之中，但卻不是在小金像身上，而是在穿過小金像的那一條細鏈子上，每一條鏈子上，有一個環，是用那特殊金屬製成的。

而王通在警局門口被撞倒時，他跌在地上，跌斷了那條鏈子，高翔到手的小金像，是沒有鏈子的，是以自然化驗不出什麼來了。

這件事發生後的第三天，某國嚴重抗議的大新聞，也轟動了一陣子，但這樣外交上的抗議，大多數都是不了了之的。

木蘭花在事後感嘆道：「天網恢恢，疏而不漏，真是一點不錯，如果不是紅記倉庫中的一個看守人貪小便宜，將這種小金像弄了一些出來發售，只怕朴浣臣的行徑，誰也不知道！」

安妮問道：「蘭花姐，我還有一點不明白，為什麼當我們尋到朴浣臣那住所之際，他會伏在酒吧檯上，已經死了呢？」

「他當然是裝死！」木蘭花說。

「那麼，他為什麼要裝死？」安妮、高翔和穆秀珍三個人一起問。

「有很多可能，」木蘭花回答，「最大的可能，是朴浣臣以為有別的情報販子正在跟蹤他，在找他的麻煩，所以他才裝死避過去，好令別人死了這條心，他卻未曾料到——去找他的是你，你看到留在他胸口的，當然是一柄魔術刀，所以才不會有血流出來！」

安妮呼了一口氣，道：「我相信是！」

那時，他們正在高翔的辦公室中，方局長笑嘻嘻地走了進來，道：「軍方對我們這次行動，極為滿意，軍方已破獲了整個朴浣臣領導的組織，那些死在朴浣臣手下的，也全不是什麼好東西。朴浣臣是以一貫裝死的手法，來引開他人的注意力的。」

高翔笑了起來，道：「他死了又活，不知多少次了，但是這一次，他死在顧益夫的槍下，卻是再也不能活過來了！」

穆秀珍笑道：「我倒希望他再活過來。」

安妮道：「秀珍姐，為什麼？」

「讓他再活過來，我們可以和他再鬥鬥法啊！」穆秀珍一本正經地說。

所有的人都笑了起來，但是穆秀珍卻居然鼓起了腮不笑，這令得安妮笑得更甚，笑倒在穆秀珍的懷中！

遙控謀殺

1 不平靜的一天

冬天的深夜，除了呼嘯的北風之外，沒有什麼別的聲音。

安妮已經睡著了，木蘭花還躺著在看書，寂靜的臥室之中，就連書頁翻過的聲音，聽來也覺得很刺耳。

木蘭花看的是一本情節十分動人的小說。

安妮已經睡醒一覺了，她在床上翻了一個身，迷迷糊糊看到一線燈光，她想問木蘭花為什麼還不睡覺，但是她沒有說出話來，倒又睡了過去。

安妮的翻身，使木蘭花放下書本來，她看了看鐘。已是凌晨兩點了，她放下了書，熄了燈，將頭靠在柔軟的枕頭上。

這是一個極其平靜的冬夜，雖然，當木蘭花快要朦朧睡去時，好像聽到從公路上像是傳來了一下異樣的撞擊聲，但是她卻也不在意。

倒是安妮，被那一下遠遠傳來的撞擊聲驚醒了，她坐起身來，道：「蘭花姐，什麼聲音？」

「大概是風太猛烈了，吹塌了什麼。」木蘭花回答著。

安妮又躺了下來，可是就在這時候，另一下撞擊聲又傳了過來。

這一次，那猛烈的撞擊聲，聽來比上一次清晰得多，隨著隆然巨響，還發出了「轟」地一聲爆炸聲來。透過漆黑的玻璃窗，可以看到有火光在閃耀。

安妮疾跳了起來，道：「蘭花姐，有汽車失事了！」

她一面叫著，也來不及披上睡袍，就拉開抽屜，拿出了望遠鏡，湊在眼上，向前望去，她看到一輛華麗的大房車，正撞在公路靠山的一邊。

整輛車子，只剩下了一半，熊熊大火包圍著車子，那車子失事的地點，就在她們住所不到三百碼處。

木蘭花也離了床，她來到窗口，不必用望遠鏡，也可以看到那輛汽車失事的情形，她忙道：「安妮，快打電話報警！」

她才講了一句話，突然看到一件十分奇異的事情。她看到，另外有一輛車子，倒退著駛向那汽車出事的地點。那車子分明是已經駛過去的了，但因為發現了汽車失事，而公路的路面相當窄，無法掉頭，是以才倒退回來看看究竟的。

那車子倒退回來的速度，也並不快。

這一切，本來都很正常，但是，到了那倒退回來的車子快接近那輛失事汽車之際，它的倒退速度，卻突然瘋狂也似地加速起來。

這實在是難以想像的事，在剎那間，木蘭花和安妮都發出了一下驚呼，但是她們卻都沒有法子可以阻止那輛車子的倒退。

那輛車子以驚人的速度倒退，木蘭花和安妮的驚叫呼聲還未曾完畢，又是「轟」地一聲巨響，那輛車子已撞到著火的車身上了。

由於倒退的速度十分高，那一撞，自然也極其猛烈。於是那輛正在燃燒中的車子，被撞得從公路上滾出了十幾碼去。

那著了火的車子在公路上滾動的模樣，簡直就像是一隻大火球一樣，而那輛車子卻還未停止，就像是頭瘋牛一樣，繼續撞向山邊。

那車子的車尾撞向山邊，車身震動，可是車子卻已突然向前衝了出去，橫越過了公路，又是一聲巨響，車頭撞在公路另一邊的山崖上。

緊接著，便又是一聲爆炸聲，那輛車子也全被烈火包圍了！

這一切，只不過是不到半分鐘內發生的事！

安妮用望眼鏡看著，將這一切經過情形，看得很清楚，她張口結舌地轉過身來，道：「蘭花姐……那車子的駕駛是一個瘋子？」

木蘭花並沒有回答安妮這個問題，她已向臥室走去，道：「安妮，通知了警方之後，你也來，我們盡力搶救這兩輛車子的駕駛人。」

木蘭花抓起了睡袍，披在身上，匆匆地離去，當她奔出客廳，到了花園中時，迎面而來的寒風，令她連打了幾個寒噤。

木蘭花迅速地向前奔去，等到她奔到了出事地點時，有一輛車子也停了下來，木蘭花忙向那輛車子中的人招手道：「來，快下來幫忙。」

那車子的駕駛人伸出頭來，道：「今天晚上是怎麼一回事？那邊也有一輛車子，在山邊撞成了粉碎！」

木蘭花立時想起她最早聽到的那一聲響，她皺了皺眉，一共有三輛車子失事。在大城市中，汽車失事，本來是極普通的事，但是木蘭花卻無法忘記她看到的古怪情形，那輛後退的車子，會在突然之間向山上撞去！

她向正在燃燒著的車子裡望去，只見車中的人伏在駕駛盤上，可能早已傷重死去了。

木蘭花忙又奔到了另一輛車旁，那輛車中有兩個人，但也是凶多吉少了！

那駕駛經過的路人攤開手，道：「小姐，看來我們沒有什麼事可做了，你就住在附近吧？請你去報警，我還要趕回家去。」

木蘭花苦笑了一下，道：「請吧！」

那人回到了他自己的車中，駛走了。

這時，安妮也奔了過來，不一會，警車的嗚嗚聲已經傳了過來，緊接著，救護車也來了。

木蘭花和安妮向一位警官敘述了目擊的情形，很多記者也得到消息趕了出來，木蘭花和安妮去看了看最早失事的那輛車。

那輛車和她們目擊失事的兩輛差不多，撞在山上，起火燃燒，救傷人員將車中的屍體抬出來，那屍體已被燒成了慘不忍睹的一團焦炭。

木蘭花和安妮回到家中的時候，已經是凌晨三點多了。

當她們又重鑽進溫暖的被窩中時，安妮道：「蘭花姐，那輛車為什麼在後退中，忽然發起狂來？」

木蘭花「啪」地熄了燈，道：「我也不知道，或許是車子突然失去了控制吧。詳細的情形，我想明天報紙上一定會刊載的。」

安妮不知道自己在什麼時候睡著的，而當她睜開眼來看時，已是陽光滿室了。

安妮披著睡袍，叫道：「蘭花姐！」

木蘭花的聲音自樓下傳了上來，道：「快洗了臉下來。」

安妮匆匆地洗了臉，換了衣服，奔下樓去。

木蘭花已經坐在餐桌邊，用完了早餐，在喝著咖啡了。安妮一下來，木蘭花就指著一疊報紙，道：「你看！」

那三輛車子在公路上失事的新聞，是所有報紙的頭條新聞。安妮隨便拿起了一張來，大標題是：「公路三車失事，五人慘死」，還有一條副題是；死者均是在參加新年舞會之後，於返家途中樂極生悲。

新聞的內容，還紀錄著五個死者的名字。那五個死者，一個是獨身的洋行總經理，兩個是一對著名的醫生夫婦，還有兩個，則是一對年老的銀行家，全是在社會中很有地位的人。

而他們五個人，都是參加了一個擁有好幾個聯合企業的富翁陳寶明的新年舞會之後，在返家途中出事的。

安妮又拿起別的報紙來看，報紙上的記述都差不多，也都沒有提及其中的一輛，是在倒退的時候突然失常地撞車的。

有的報紙還說，那可能是駕駛人在舞會之中，飲了過量的酒，所以才釀成慘案的，並且還提出了勸告，叫人在酒後千萬不能開車。

安妮看完了報紙，才抬起頭來，道：「蘭花姐，你不覺得事情有些奇怪麼？」

「奇怪在什麼地方？」木蘭花平靜地反問。

「這三輛車子，全是從同一個地方離開的，而又在幾乎相同的地方出了事，這其間，難道竟一點關聯也沒有麼？」安妮問著。

木蘭花皺了皺眉，道：「很難說有什麼關聯，只可以將它當作是巧合，倒是那最後失事的一輛車子，忽然在倒退時，失去控制，值得懷疑。」

安妮忙道：「應該建議警方，仔細檢查車子機件。」

木蘭花喝了一口咖啡，道：「你不妨打個電話給高翔，說說你的意見，但是我看，那也沒有什麼用，車子全被焚燒毀壞了，你也看到的。」

「或許還可以找出什麼線索來的。」安妮說。

木蘭花突然笑了一笑，道：「我也去問一問雲四風，當晚的舞會主人陳寶明，是怎樣的一個人，他們全是工業界的人，應該熟悉的。」

安妮忙道：「我替你去問四風哥！」

安妮連早餐也不吃，就走到了電話邊，她先打電話給高翔，高翔卻出去了。她再打電話給雲四風，十分鐘之後，她放下了電話。

木蘭花一直在安詳地看著報紙，安妮揚聲道：「蘭花姐，四風哥說，那個陳寶明，可以說是工業界的奇才，雖然陳寶明是他業務競爭上的最大對手，但是他還是十分佩服他。陳寶明本身就有好幾個博士的頭銜了，他還是一個出色的發明家。」

木蘭花用心地聽著，也不置可否。

安妮走到了餐桌邊，問道：「蘭花姐，你可是以為陳寶明有什麼可疑之處？」

木蘭花笑道：「安妮，你太武斷了，我們連陳寶明是怎樣的一個人都不知道，為什麼要懷疑他？只不過五個人全是從陳寶明處走的，所以才問一問而已。」

安妮眨著眼，也沒有再說什麼。

天雖然相當冷，但是陽光卻很明媚。木蘭花來到了花園中，在一大簇金黃色的菊花之前坐了下來，享受著溫暖的陽光。

她坐下沒有多久，安妮又叫了起來，道：「蘭花姐，我已和高翔哥通過電話了，他說，就是為了汽車失事的事，他要來見你！」

木蘭花用手遮住了額角，道：「為什麼？」

「我不知道，他說他快來了！」

木蘭花轉頭向門口望去，她知道，高翔說快來了，那麼，至多十五分鐘，他就會到了。看來，雖然晴空萬里，陽光明媚，但，這卻不會是平靜的一天。

木蘭花估計得很正確，不到十五分鐘，高翔就來了。

高翔來到木蘭花處，他的神情很激動，道：「我從來也未見過這樣可怕的謀殺！」

木蘭花望著他，道：「謀殺？你為什麼那麼肯定？我相信，那只是你的猜測，事實上，你未曾得到任何有力的證據！」

高翔呆了一呆，像是不明白何以木蘭花竟說得如此肯定，但是他卻不得不承認，道：「是的，我還沒有什麼證據，但是卻有動機。」

「動機？」這一次，輪到木蘭花有莫名其妙之感了。「什麼意思？」

高翔在木蘭花的身邊坐了下來，安妮也靜悄悄地來到了他們身邊，高翔道：「說來話長，這得從寶記集團的上層變革說起。」

「寶記集團？」安妮不明白地問。

「自然是陳寶明控制下的企業集團。」木蘭花代為解釋著。

「是的，」高翔立時說：「寶記集團控制了許多工廠、倉庫和船隻，而且，還有好幾個礦產，和一家航空公司，是一個經營範圍極廣泛的集團，而陳寶明一直是這個集團的董事長。」

木蘭花徐徐地道：「據我所知，這個集團是陳寶明一手創立的。那麼，上層人士會有什麼變革呢？」

「不錯，這集團是由陳寶明一手創立的，但是在發展的過程中，卻一直在招收外股，而且，寶記集團的股票，也早已在股票市場中公開發售。陳寶明一直掌握著大多數股權，但是兩年前，他卻將他份下的股權出讓了很大的一部分。」

「唔，是為了什麼？」木蘭花問。

「究竟是為了什麼，我們還不知道，只知道那時，他需要大量的現鈔，是以他才拋售股票的。當他做了這一次拋售之後，在他手中的寶記集團股票，所剩只不過是百分之二十左右而已，或許，更要來得少一些！」

木蘭花皺著眉，道：「這樣說來，陳寶明對寶記集團，是早已喪失了控制權的了？」

「可以這樣說，但是他仍然是董事長，因為他當年拋售股票的對象，全是業外的人，而且全是他的好朋友，當然全是支持他的。」

「可是最近，情形有了改變？」安妮和木蘭花齊聲地問著。

高翔皺了皺眉，道：「是的，而且這種轉變，又和雲四風有關。」

木蘭花不禁訝然地問道：「和雲四風有什麼關係？」

「那自然是生意上的競爭，雲氏集團和寶記集團，是本市工商界的兩大集團。雲氏集團的股權，全在雲氏兄弟手中，當然不會發生問題的，但寶記集團的情形就不同了，寶記集團的三個大股東已掌握了百分之三十的股份，他們曾向陳寶明提出，要使兩大集團合併，合兩大集團之力去爭取世界市場，可是，卻遭到陳寶明的堅決反對。」

木蘭花聽到這裡，不禁低低嘆了一聲，道：「現代社會中的商場，和古代社會中的戰場是一樣的！」

高翔續道：「這三個個大股東，曾和雲氏兄弟接過頭，他們雙方也都計算過，如果合併的話，在短期內就可以帶來巨額的利潤。但如果陳寶明反對的話，是不會成功的。經過一番調查，他們打聽到陳寶明實際上已不再握有控制權的秘密。」

安妮深深吸了一口氣，道：「他們準備罷免陳寶明董事長的職位？」

「自然，」高翔說：「只要握有股份的那些人仍然站在陳寶明這一邊的話，陳寶明的地位仍是屹立不搖的。那三個大股東本來以為可以出高價，將那些股份收買到手，那麼一召開特別董事會，陳寶明的地位就立時不保了！」

木蘭花一點頭道：「這本是商場中很普通的現象。」

「可是在這件事中，情形多少有點例外，」高翔說：「當陳寶明出讓那些股份之際，曾經和承讓人訂立一個合約，合約中規定，陳寶明有收回這些股份的優先權。也就是說，當那些人要出讓股權之際，得先讓給陳寶明，陳寶明不要，才能夠讓給別人。」

木蘭花皺起了眉，事情好像越來越複雜了。

而安妮畢竟年紀還小，對於商場上的這種事，她還不是十分了解，是以她一面咬著指甲，一面更是聚精會神地聽著。

高翔又道：「當那三個大股東探聽到了這一點之後，他們就改變了方針。因為他們既然不可能得到那些股權，他們就竭力遊說那些人站在他們這一邊。寶記集團的經營情形，並不是十分好，當那些人知道如果陳寶明下台，兩大機構合併之後，他們可以獲得大量利潤時，他們都被說動了。特別董事會定在十五天之後召開，陳寶明會在這個董事會上下台的。」

木蘭花舉起了手來，但是她卻好一會不說話，許久才道：「如果我沒有料錯，昨晚汽車失事死去的五個人中，有那三個大股東在？」

高翔搖著頭，道：「不是，那五個人全是陳寶明的朋友，也就是當年買得陳寶明手中股份的人，他們一共是十個人。昨晚死的，是其中五個。」

木蘭花的眉心打著結，道：「這五個人死了，陳寶明有什麼好處呢？」

「陳寶明有權在他們的遺囑之上，用合理的價格買回那些股權來！」高翔回答道。

木蘭花陡地站了起來，她來回走了兩步，停在那簇黃菊面前。燦爛的菊花，在陽光之下鮮艷奪目，更使得她微微閉上眼。

她呆立了好久，才道：「高翔，這就是你所說的謀殺動機？」

「是！」高翔的回答很肯定。

「那還是很薄弱的說法，」木蘭花轉過身來，「你可曾調查過，陳寶明如果得到了那五個人的股份之後，他是否足以控制整個集團了呢？」

「我調查過了。」高翔說：「還不夠，他必須將他當年賣出去，分散在這十個人手中的股份都收回來，再加上他自己手中的，才恰好是百分之五十一，所以，警方已特別派人去暗中保護其餘的五個人！」

木蘭花背負著雙手，來回踱著步。

安妮道：「高翔哥，四風哥會不會有危險？」

高翔道：「我想不會，我在調查的過程中，也沒有找到任何證據，只不過我們懷疑，陳寶明有那樣的謀殺動機而已。」

高翔的話才說完，木蘭花便道：「高翔，在那樣的心情之下，陳寶明還能舉行盛大的新年舞會？」

高翔道：「這也是可疑的一點，陳寶明的舞會邀請了很多人，有許多是他事業上的敵人。四風和秀珍也是那晚舞會中的嘉賓，但是，四風和秀珍都不喜歡這種笑裡藏刀的應酬，是以，他們只是在禮貌上略到一到就走了。那三個大股東和其餘準備在董事會上否決陳寶明地位的人，也全都到了。」

「在舞會中有沒有爭執？」

「沒有，」高翔說：「我們問過幾個參加舞會的人，他們都說，在舞會之中，誰也沒有提起即將召開的董事會的事。」

「陳寶明表現怎樣？」

「據他們說，他滿面春風，好像一點也不知道他自己的地位就要發生動搖了，但是事實上，以他的精明，是不可能不知道的。」

木蘭花又坐了下來，道：「高翔，你的懷疑，多少有一點理由，但是我認為，你至少應該去見一見陳寶明這個人！」

「我也這樣想，所以我邀你和我一起去。」

木蘭花搖頭道：「我不必去了，我究竟不是警方人員，何況，這只是毫無根據的一種懷疑，我去了，反倒會變得不易應付。」

高翔點著頭，道：「好，那我一個人去！」

「如果你有什麼發現的話，請來告訴我！」

「當然，」高翔已向外走去，但是他只走了一步，又轉回身來，道：「我聽得昨晚首先趕到現場的警官說，你告訴他，有一輛車子失事的情形十分特異？」

「是，簡直有點不可思議。」木蘭花接著將她和安妮在窗口看到的情形，詳細地向高翔說了一遍。

安妮在木蘭花說完之後，補充了一句，道：「那情形，就像是那個駕車的人存心自殺一樣，車子實在不可能在緩慢的後退中失去控制的！」

高翔皺著眉道：「我先去見了他再說。」

他揮著手，匆匆地走出花園，駕著車走了。

等到高翔走了之後，安妮才問道：「蘭花姐，你為什麼不和高翔哥一起去見一見陳寶明？」

木蘭花緩緩地道：「如果陳寶明真是凶手，那麼，我去了，只有使他更提高警覺，而高翔去見他，可以說只是例行公事。他如果是凶手，而又不知自己被懷疑的話，那就比較容易露出馬腳來。不過，我始終懷疑高翔的假設。要謀殺十個人來取得股份，這實在太駭人聽聞了！」

安妮道：「蘭花姐，我們不去見陳寶明，可以去見見四風哥，在四風哥那裡，也可以獲得陳寶明的資料，他們是事業上的對頭。」

木蘭花道：「這倒是好主意，但是你得先打一個電話去聯絡一下，看看四風是不是有空。」

2 十個人

高翔走進了寶記集團宏偉華麗的辦公大樓，當他向一位漂亮的女職員表明了他的身分之後，就被帶到一間十分寬大的辦公室中。

只見一個頭髮花白的中年人，正伏在一張巨大的寫字檯，簽署著文件，一個職員站在桌旁。那中年人運筆如飛，不一會，就將文件一推，那職員拿起文件，向他鞠躬，恭敬地退了出來。那中年人才抬起頭來。

首先映入高翔眼中的，是一張十分果敢的臉，和一個惹人注目的鷹鉤鼻。

這樣臉型的人，是成功型的人，是那種不達目的誓不干休的人。就他個人而言，是成功的。但是就旁人而言，這樣的人，卻是冷酷的、可怕的人物。

高翔知道，那就是陳寶明了。

陳寶明向高翔微微一笑，高翔看得出，那樣的微笑絕對是敷衍式的。

接著，陳寶明道：「高主任麼？久仰大名，請坐。」

高翔坐了下來，他根本還沒有開口的機會，陳寶明又道：「高主任，你一定是為了我那五位在汽車失事中喪生的朋友而來的了？」

高翔道：「是的，他們——」

陳寶明一定很習慣於打斷他人的話頭，來發表自己的意見，是以，高翔那一句話，根本未曾講完，陳寶明就揮了揮手，道：「我很難過，如果不是我請他們來參加我的新年舞會的話，他們或許不會出事。」

高翔欠了欠身子，為了不想陳寶明再打斷他的話頭，他說話必須直截了當，是以他道：「陳先生，警方有幾個問題想問你。」

陳寶明皺著眉，道：「他們雖然是在我家離去的，但是汽車失事和我有什麼相干？警方居然有問題要問我，那倒很可笑。」

陳寶明的詞鋒很銳利，高翔感到有點難以應付。

高翔道：「那只不過是警方調查中的例行手續，因為死者不但從你府上離去，而且他們全是你的朋友！」

陳寶明「哈哈」大聲笑了起來，道：「如果死者的朋友都要受到調查，那麼，警方得準備多少時間？他們全是交遊廣闊的人！」

高翔對陳寶明那種態度感到很惱怒，是以他立時沉下了臉，冷冷地道：「陳先生，為什麼你會感到警方是在向你作調查？」

陳寶明的笑容僵住了，他凝視著高翔，高翔也凝視著他。他們兩人對望了好一會，陳寶明才道：「好吧，你有什麼問題，請快些問，我很忙。」

高翔道：「警方發現，這五個死者，和你都有著業務上的某種聯繫！」

高翔故意將話說得很含糊，他是想看看陳寶明對自己的話，究竟有什麼反應。

陳寶明卻將雙手放在桌上，道：「沒有什麼聯繫，他們只不過全是寶記集團的股東，也不過問業務的。」

高翔「嗯」地一聲，道：「昨天晚上，他們離去的時候，有什麼異狀？」

「可以說沒有，他們都喝了一點酒，但絕未到達喝醉的程度，他們都住在郊外的別墅中，他們的車，也全是優良的廠牌。」

「你對他們發生的意外，有什麼意見？」

「我不知該如何說才好。」陳寶明攤了攤手，道：「這是一個可怕的意外。」

高翔站了起來，走到那張巨大的辦公桌之前，道：「陳先生，你在他們死了之後，有權收購他們所有的股份，是不是？」

陳寶明睜大了眼，好像他覺得高翔的這個問題來得十分突兀一樣，他立即點頭道：「是的，但是我卻還沒有那樣的打算。」

高翔的那個問題，也算得上是極尖銳的了，可是，他仍然無法在陳寶明的回答之中得到什麼。

陳寶明略頓了一頓，才反問道：「高主任，你提及這一點，是什麼意思？」

高翔假裝不在意地道：「沒有什麼，只不過警方有理由相信，這五個人的死亡並不是普通的汽車失事，而是謀殺！」

陳寶明呆了一呆，道：「謀殺？那麼，我更不能提供任何幫助了，我想不會吧，一下子就殺了五個人？」

「凶手的目的，或者是十個人！」

陳寶明聳了聳肩，他沒有說什麼，只是道：「高主任，如果你沒有別的問題……」

陳寶明一面說，一面按下了桌面上的一個掣，辦公室的門自動打了開來，那是陳寶明表示，不準備再和高翔談下去了。

高翔也知道再談下去不會有什麼結果，是以他道：「對不起，打擾你了！」

他轉身走出了辦公室，他才一走出，辦公室的門又自動關上。高翔略呆了一呆，他此行，可以說一點收穫也沒有！

高翔慢慢地踱出了這幢華麗的大廈，回到了他的辦公室之中。他將一疊文件攤開在面前，將其中的五張疊在一起，釘了起來，一張一張地查看著。

那五張文件，是紀錄著五個人的簡歷的，上面都有他們的照片，這五個人，就是警方現在特別派人在暗中保護的五個。他們也就是曾經買了陳寶明的股份，而準備在特別董事會中，否決陳寶明董事長地位的五個人。

高翔始終相信，那三輛車子的失事，是一種極其巧妙的謀殺，他在一接手辦這件案子的時候，就有這樣的感覺，而當他在聽了木蘭花的敘述，說其中一輛車子是在倒退中忽然出事的，他更肯定自己的想法了，何況，他已經找到了充分的謀殺動機。

可是，要決定一件謀殺案，光找到謀殺動機是不夠的，還要充分的證據，沒有充分的證據，是決不能入人以罪的，尤其高翔懷疑的對象，是陳寶明那樣一個在社會中有地位的人。

高翔點燃了一支煙，吸了幾口。

他先靠住了椅背，閉上了眼睛，他想，如果自己的假定成立，陳寶明為了要獲得控制性的股權，所以才殺人，那麼，他只殺了五個人，是絕對不夠的。

他必定還要去殺另外五個人，而且，這種謀殺，必然在十五天之內完成！

那也就是說，如果他的假設不錯，另外這五個人的生命正在危險中！

他想了片刻，才低頭開始去看那五個人的資料。

他看到的第一個，是一個音樂家，梁梅生。

梁梅生已經六十多歲了，他是本市最享盛譽的交響樂團的指揮，為人固執，脾氣大，可是音樂造詣極高，他指揮著一個由兩百多人組成的樂團。

這樣一個藝術家，自然不是生意人，但是他卻相當有錢，他買下了寶記集團的一些股票，自然也不是什麼出奇的事情。

他會有生命危險麼？

高翔決定先去看看他，提醒他一下。他查了一下派去暗中保護梁梅生的探員發還的報告，梁梅生一早就在歌劇院中排練。

高翔想先和木蘭花通一個電話，但是木蘭花家中的電話卻沒有人接聽。

高翔離開辦公室，駕著車，一直來到了歌劇院的門口。

他一來到歌劇院之中，就看到臺上排著整個交響樂團，可是卻一點也沒有音樂的聲音，他只聽得一個人在咆哮著，那人的聲音，十分宏亮，他正在向兩個人怒喝著，道：「出去！出去！我在排練的時候，沒有人可以在旁邊，滾出去！」

那兩個人的聲音很低，像是正在解釋著什麼，但是，那老人的咆哮卻更響亮了，他嚷叫道：「我不管你們是什麼方的人員，你們給我滾！」

高翔看到，那兩個挨罵的人，竟是自己派出去的警員，而那個在大發脾氣的，卻是梁梅生！

他連忙走了過去，道：「梁先生，我是警方的——」

他一句話未曾講完，梁梅生霍地轉過身來，大聲喝道：「滾，全給我滾，你們是什麼東西，敢來騷擾我的排練，滾！」

高翔可以說從來未曾給人如此呼喝過，他的心中不禁十分憤怒，但是當他想到對方是一個十分有成就的藝術家，他的氣也就平了下來。

他十分委婉地道：「梁先生，警方認為你有生命的危險，所以才派人來保護你的，希望你別固執！」

梁梅生更怒了，道：「你是什麼東西，反倒教訓起我來了？」

高翔苦笑了一下，搖著頭，向那兩個探員道：「好，我們走。」

他帶著兩個探員走了出來，一直退到門口，還聽得梁梅生在罵他們，高翔聳了聳肩，道：「好傢伙，好大的脾氣！」

那兩個探員也只是相視苦笑，高翔將門掩上，道：「我們還是要保護他，你們站在門口，不時注意裡面的動靜，別讓凶手有機可乘。」

那兩個探員點著頭，這時候，從歌劇院中，已傳出了交響樂隊演奏的聲音來，高翔將門推開一道縫，向裡面張望著。

只見梁梅生站在臺上，背對著門口，正發出一片美妙的聲音來。

高翔也不禁驚嘆了一聲，道：「他真是一個出色的指揮家！」

高翔一面講著，一面已準備退了回來。

可是，就在那一剎間，「砰」地一聲槍響，劃破了美妙的音樂聲。音樂在突然間停了下來，高翔大吃一驚，連忙抬頭看去。

只見梁梅生已伏在他面前的臺上，他手中的指揮棒也掉了下來，那些演奏者人人都站了起來，只是不知所措地站著。

高翔「砰」地推開了門，一揮手，喝道：「快來！」

他衝進了歌劇院，那兩個探員連忙跟在他的後面，高翔以極高的速度，掠過一排又一排的座位，然後，手在臺沿一按，跳了上去。

當他跳上臺去的時候，那些音樂師才發出了一陣驚呼聲來，高翔連忙去看梁梅生，梁梅生的頭低著，鮮血自他的頭上一滴滴落下來。

高翔回頭高叫道：「快，封鎖歌劇院的一切通道！」

那兩名探員忙又奔了出去。

高翔慢慢地將梁梅生的頭托了起來。

當他將梁梅生的頭完全托起之後，他也不由自主打了一個冷戰。

高翔當然不是第一次看到死人，但是，在幾秒鐘之前，他還看到梁梅生聚精會神在指揮著，但在幾秒鐘之後，他卻死了，在任何人的心中，都會引起一陣奇異的感覺來的。

在梁梅生的眉心上，有著一個烏溜溜的深洞，那是致命的一槍，梁梅生一定是在中槍之後，立即就死去的。

根據那槍洞的情形來看，槍彈應該是從上面射下來的，高翔連忙抬頭看去，上面的座位上，一個人也沒有。

凶手一定一發槍就溜走了！

在那剎間，高翔只想到一點：那實在是不可能的！

凶手要在上面發槍，他一定得先躲在上面，那麼，凶手就不應該不知道他和兩個探員剛剛才離去，還沒有出歌劇院。

什麼凶手，竟有那樣大的膽子，一點也不肯退，揀他還沒有離開歌劇院的時候就下手？高翔在剎那間感到的憤怒，實是難以形容！

他深深地吸了一口氣，抬起頭來，大聲道：「每一個人都留在原來的位置上，請不要出聲，等我發問，你們才回答！」

這時候，又來了幾個歌劇院的職員，慌慌張張地奔了過來，他們看到梁梅生慘死的情形，全都呆住了，紛紛向高翔喝問，道：「你是什麼人？」

看他們的情形，竟像是在極度的慌亂之中，將高翔當作是殺害梁梅生的凶手了。高翔忙向他們表露了身分，道：「你們快打電話通知警方，就說我在這裡，要謀殺調查科的楊科長帶多一點人來。」

一個職員忙答應著，奔了開去。

劇院的經理也來了，經理想看看梁梅生慘死的情形，但是他的手一碰到梁梅生的屍體，高翔便大聲喝道：「千萬別動！」

那經理忙縮回手來。

高翔向一個小提琴手招了招手，那小提琴手走了過來，高翔問道：「你們聽到那一下槍聲了？」

「聽到！」小提琴手回答。

「槍聲是從上面傳下來的？」高翔又問。

小提琴手遲疑了一下，道：「好像是，但是事情實在發生得太突然了，我們又只顧專心演奏。梁指揮的脾氣本來就不好，今天他又發脾氣，我們都怕挨他罵，所以，根本不能去注意別的。」

高翔又抬頭向上面望了一眼，問經理道：「上面是怎麼上去的？」

那經理忙道：「通向樓座的門是鎖著的，上面根本沒有人。」

高翔「哼」地一聲，道：「可是子彈卻是從上面射下來的，你快帶我到上面去看看，記著，誰也不准動梁梅生指揮的屍體！」

經理連聲答應著，帶著高翔，來到了樓上。

他先找人拿來了鑰匙，打開了鎖，才推門進去。

高翔來到了舞臺的左側，子彈應該是從那個角度射下來的。

他在向前走來的時候，手中已握定了槍，因為那凶手可能還藏匿在椅子之間，未曾逃得出去，他站在上面，居高臨下望下來，看到梁梅生的屍體仍然伏在指揮臺上。

這裡，應該就是發槍的地點，但是，凶手在哪裡？

高翔的眉心打著結，他並沒有停留多久，楊科長已帶著十幾個探員趕到了。

高翔向下大聲道：「楊科長，首先，你看看死者的傷口，子彈是不是從我站立的地方射下來的？」

楊科長跳上了臺，托起梁梅生的頭來，他是一個十分有經驗的專家，他向槍口看了一看，才抬頭看了看高翔，便道：「是！」

高翔又道：「上來幾個人，著亮所有的燈，檢查一切通道，看看凶手是從哪裡進來，又從哪裡逃走的！」

那時候，另一批警員也趕到了。

法醫忙著拍照，檢查死者的心臟，立即宣布死者的正式死亡，那時，高翔和七八個探員在一起，已對每一個通道作了檢查。

通道一共有八處，每一處都自外面鎖著。

劇院經理跟在高翔的後面，道：「我說過麼，每一個門都鎖著，沒有人進來。」

高翔有點惡聲惡氣地道：「可是梁梅生卻死了，而且，我們可以肯定，子彈是從二樓射下來，凶手是在二樓發射的！」

劇院經理不敢再說什麼，二樓的每一個座位都給詳細檢查過，可以肯定，絕對沒有人。那麼，凶手在那麼短的時間內，逃到哪裡去了呢？

凶手或許有時間逃走，但是，如果說凶手竟從容到可以在逃走的時候，再將門鎖上，那實在是一件無法令人相信的事情。

可是現在的事實卻就是那樣，梁梅生被殺死了，凶手自二樓開槍。但是，在二樓卻找不到人，而且，每一道門都鎖著。

高翔感到自己是在接受一項挑戰，向他挑戰的，是一個極其可怕的凶手，他甚至已知道那個凶手是什麼人了！

梁梅生的死，更證明了他的假設！

但是高翔卻完全無法證明，那是他所懷疑的凶手幹下的事情！

高翔在一個座位上坐了下來，楊科長站在他的身邊，眉心也打著結，道：「高主任，這件謀殺案，和一些著名的密室謀殺案，倒很有相似的地方，我們根本無法找到凶手從何處來，由何處去！」

高翔並沒有出聲，他呆了一會，才抬起頭來，問劇院經理道：「近來，可有什麼陌生人來找過梁先生，或是逗留在劇院中？」

劇院經理搖著頭，道：「沒有，不過……」

「不過什麼？」高翔忙問。

「剛才，還沒有出事之前，我曾接到過一個電話。」

「電話？什麼意思？」

「那電話打到我的辦公室，問我，梁先生現在在做什麼，他要找梁先生聽電話，我告訴他，梁先生在指揮樂團練習，他是從來不聽電話的。」

「嗯，那人怎麼說？」

「那人好半晌不說話，我等了他半分鐘之久，有點不耐煩了，才放下了電話，我剛一放下電話，就聽到了槍聲，我呆了片刻，就趕出來了！」

「你的辦公室在哪裡？」高翔盯著他，問。

劇院經理忙道：「在樓下，大堂的左側！」
「二樓各門的鑰匙，由誰掌管？」
劇院經理忙道：「是由我掌管的，鑰匙一直在我的辦公桌上，沒有人動過。」
高翔又追問了一句，道：「槍聲響的時候，你真是在辦公室中？」
劇院經理的神色很吃驚，道：「自然是，我們幾個職員也和我在一起，警方不見得會懷疑……是我殺了梁先生的吧！」
高翔乾笑了幾聲，他當然是沒有理由懷疑劇院經理的，可是劇院中其餘的人就難說了。
他沉聲道：「你將劇院的所有工作人員集中在一起，待我來問他們。」
「是！」劇院經理答應著，走了開去。
高翔站了起來，道：「楊科長，我們有得頭痛了，這一宗謀殺，和昨天車禍中五個死者是有關聯的，凶手的目的，是謀殺十個人！」
楊科長吃了一驚，問道：「還有幾個是些什麼人？」
高翔自口袋中摸出了折疊好的幾張紙來，他打開了紙來，在第一張上拍了一下，苦笑道：「梁梅生已經死了，還有四個，一個是白鳳——」
楊科長呆了一呆，道：「白鳳？那著名的時裝模特兒？她為什麼會是被謀殺的對象？」

高翔將自己的調查所得和假設，向楊科長簡單地說了一遍，才又道：「還有一個是張柏年，化學教授，一個是徐健將軍，已經退休了，還有一個是足球明星，是受球迷崇拜的黑狗楊奇達。」

高翔頓了一頓，道：「如果凶手進行得順利的話，他們四個人，在十五天之內，一定會相繼死亡，我們還有很多機會捉住凶手！」

楊科長壓低了聲音，道：「我們要不要調查，剛才凶案發生的時候，陳寶明在什麼地方？」

高翔皺起眉道：「如果他是凶手，他不會愚蠢到自己下手吧。」

「不，」楊科長表示著他自己的意見，「如果陳寶明是凶手，像他那樣的人，不會買凶殺人，因為他不肯將把柄落在旁人手中。」

高翔道：「好的，不妨調查一下。」

這時，又有兩個警官，向高翔走了過來，高翔問道：「檢查那三輛汽車的殘骸，可發現了什麼可疑的地方？」

那兩個警官道：「我們和幾個汽車專家一起研究了大半天，一點毛病也找不出來，車子已被燒得幾乎無法檢查了，但是車子的剎車掣，卻肯定是完好的，只要車子的速度不是太快的話，沒有出事的理由。」

高翔深深地吸了一口氣，什麼線索也沒有，或者應該說，什麼證據也找不出來！高翔向下面看去，梁梅生的屍體已經被運走了，兩百多個音樂師，仍然呆呆地坐在臺上，突如其來的慘劇，使得他們的臉上都現出呆滯的神情來。

一切例行的手續全部辦完了，高翔和楊科長一起下了樓，來到了劇院經理的辦公室中，劇院的工作人員已全等在那兒了。

他們只盤問了十五分鐘左右，就可以肯定凶手絕不在那些人之間，因為當槍聲響的時候，這些人之間，沒有任何人是單獨在一個地方的。

高翔宣布要暫時封閉歌劇院，準備進行進一步的調查，而各人亦可以自由行動之後，他才離開，他的心中十分亂，他很想和木蘭花會晤一下。

可是他在離開歌劇院之前，打電話到木蘭花的家中去，卻仍然沒有人接聽。

他離開歌劇院之後，便直接來到了白鳳時裝公司。

他是和楊科長一起到的，當他們見到了白鳳的時候，白鳳對於警方人員的來訪，表示十分奇特。

高翔開門見山就道：「白小姐，警方有理由相信，你的生命正受到威脅，現在，警方準備派四名能幹的女探員，二十四小時不停地陪著你，希望你合作。」

白鳳甜媚地笑了起來，道：「高主任，我想你弄錯了，誰會殺我？」

高翔道：「這一點，暫時不能公布。」

白鳳道：「好的，可是我希望她們別妨礙我的生活。」

「你必須忍受暫時的不便，白小姐。我可以進一步告訴你，這四位女探員，一定要寸步不離跟著你，不論你在什麼地方，幹什麼事，她們都要在你身邊！」

白鳳現出了一個頑皮的神情來，道：「那麼，如果我在浴室中呢？」

高翔嚴肅地道：「她們也在浴室之中！」

白鳳皺起了眉，道：「那麼，我可以拒絕這種特殊的保護麼？」

「自然可以，」高翔說：「但是，為了你的安全，我勸你還是接受保護的好，時間不會太長，至多是十五天左右而已。」

白鳳睜著明媚的眼睛望著高翔，道：「看來，你是認真的？」

「當然是認真的！」高翔加重著語氣。

白鳳無可奈何地說道：「那麼，好吧，我接受你的意見。」

高翔忙向楊科長望了一眼，楊科長走了開去，不一會，四個女探員已經來到了，高翔向她們叮嚀了一番，才告辭離去。

接下來的時間中，高翔和楊科長在一座幽雅的洋房中，找到了著名的徐健老將軍，也說服了他，由四個探員日夜不休地保護他。

他們又在球場上找到了正在練球，滿頭大汗的楊奇達，楊奇達聽說有人要殺他，他「哈哈」大笑了起來，但是他也答應了由人保護他。

那兩處地方，高翔和楊科長全是在保護人員到達之後才離開的，派來保護楊奇達的四名探員，本身也就是足球隊員。

最後，他們在大會的會客廳中，見到了張柏年教授。

當高翔提到，要派四個人日夜不離地保護他的時候，年紀還很輕，不過四十歲的張教授連聲道：「荒唐，那太荒唐了！」

高翔正色道：「張教授，別拿你自己的生命開玩笑！」

張柏年已顯出了一臉不耐煩的神色來，道：「謝謝警方的關心，可是我相信，我還不致成為謀殺的對象，警方的建議，我不能接納！」

高翔和楊科長互望了一眼，在這時候，他們卻在想，既然是那樣的話，那就只好暗中進行保護了，暗中保護的效果，自然比不上公開保護。

但是張柏年既然堅決拒絕，那又有什麼法子？

3 三塊磁鐵

高翔和楊科長告辭離去，當他們回到了警局時，木蘭花和安妮全在高翔的辦公室之中。

高翔忙問道：「蘭花，你已知道了？」

木蘭花的神色凝重，道：「不但知道了，而且我們還到歌劇院去看過，高翔，我認為你們對凶手所在的位置判斷有了錯誤。」

「為什麼？」高翔立時問。

「如果凶手是從二樓開槍行凶的話，那麼，他絕不可能在那麼短的時間內從容離去，甚至在離去時將門鎖上！」

高翔苦笑了一下，道：「那正是最不可測的一點，但是，我和楊科長都看過那槍口，死者當時所站的位置，都證明從二樓發射的，我相信，驗屍報告可以提供更進一步的證明。」

木蘭花皺起了眉，並不出聲，高翔又將自己和那另外四個人的交涉說了一遍，道：「我認為現在最危險的是張教授。」

木蘭花苦笑了一下，道：「那也未必。」

高翔道：「可是，除了他之外，另外三個人，都由四名探員寸步不離地保護著！」

木蘭花緩緩地道：「可是你想一想，像梁梅生遇害的那種情形，即使在梁梅生的身邊有四個人保護著他，情形會有什麼改變？」

高翔和楊科長兩人，不禁陡地一呆。

高翔忙道：「調查陳寶明的人應該回來了，我們還是派人去監視他。」

楊科長打了一個電話，轉過頭來道：「在梁梅生死的時候，陳寶明正在會議室中，和幾個德國買主討論生意，他沒有離開過。」

高翔長長嘆了一聲，道：「這件案子，真的棘手了！」

木蘭花苦笑著道：「現在，我們也沒有別的辦法可想，我已經告訴了雲五風，請他再對那三輛車子的殘骸，作一個詳細的檢查，到現在為止，我們所能夠做的事，已經全做到了，只能靜待事態的發展了。」

高翔也只好苦笑著，木蘭花說得對，在如今這樣的情形下，他們還有什麼可做的呢？他們已派了人嚴密保護可能被害的人，他們也派了人監視嫌疑最大的凶手，實在沒有別的事可做了！

在警局的車房中，三輛被燒得殘破不堪的車子之上，亮著一盞光度很亮的電燈，雲五風坐在一張小凳子上，在他的身邊，放著一大盆稀硫酸。

他小心地將汽車的每一個零件拆下來，放在稀硫酸中蕩過，再用銅絲刷子刷去上面的污跡，仔細地審視著，然後，或是將之拋開去，或是放在腳邊。

他在工作過程中，幾乎一句話也沒有講過。

而陪著他的木蘭花和安妮，也沒有講一句話。

那時，已是深夜了，可是雲五風還是工作地如此用心，等到他終於拆下了每一個零件，直起身子來時，在他的腳旁，有幾個螺絲，一些鐵條，和三塊磁鐵，他指著這些東西，道：「這些，不是屬於汽車零件的。」

木蘭花忙道：「你的意思是，有人在車頭加了一些什麼進去？」

雲五風皺著眉道：「可以那樣說，因為這些東西是多出來的，並不是汽車的零件。」

木蘭花望著那些東西，道：「那麼：這些東西，可能是什麼呢？在汽車之中，這些東西能起什麼特別的作用？」

雲五風搖著頭道：「那我不能肯定，這些東西已經毀壞不堪了，他們幾乎可能是任何東西。不過，我可以肯定的是，這三輛車子出事，一定是因為車頭多了這些東西的緣故。」

木蘭花緩緩地點著頭，她找雲五風來作進一步的檢查，是有道理的，因為雲五風是這方面的天才，現在，果然有了發現。

可是，如果雲五風也說不上那些東西究竟是什麼的話，那麼，就很難有人可以說得出那些東西原來的形狀是怎樣的了！

雲五風又道：「車子燒毀得太厲害，很多東西都變了形，有很多東西根本已可能燒得一點也不剩了，值得注意的，倒是那三塊磁鐵。」

「磁鐵有什麼用？」安妮問。

「磁鐵，」雲五風回答，他是一個很小心的人，所以他在說話之前，也經過周密的考慮，「通常是用來繞線圈用的。」

木蘭花道：「我們就假定那是一個線圈，那麼，一個線圈在車頭可以起什麼作用？」

雲五風攤了攤手，道：「線圈本身也只不過是一種零件，很多機械中，都有大小不同的各種線圈，這一點我很難斷定！」

木蘭花道：「好，我們總算有了一點發現。」

雲五風道：「我很抱歉，我不能提供進一步的資料。」

木蘭花笑了起來，道：「五風，你怎麼啦，為什麼忽然客氣起來了，我們也要回去了，還是一起走吧！」

雲五風伸了一個懶腰，他們三個人一起走出了車房，寒風撲面而來，他們才一走出車房，就看到排在警局前面空地上的一隊警車，有兩輛開著了燈，疾馳而去。

木蘭花、安妮和雲五風三人心中卻在想，一定又有什麼重要的案子發生了，他們繼續向前走著，突然又有兩個警官奔了過來。

一個警官大聲叫道：「蘭花小姐！」

木蘭花停了一停，那警官直奔到她的前面，喘著氣道：「我們已告訴了高主任，高主任說，請你立即趕到現場去。」

木蘭花怔了一下，道：「什麼現場？」

那警官道：「你還不知道？著名的足球明星，楊奇達死了！」

木蘭花失聲道：「死在什麼地方？」

「在他家裡！」

木蘭花忙道：「五風，你先回去！」

她一面說，一面拉著安妮，便向一輛警車奔去。

那兩個警官跟在她們後面，四個人一上了警車，警車便響起了警號，疾駛而去。

木蘭花的面色十分沉重，一路上一聲不出。

楊奇達死了！而楊奇達是由四名能幹的探員，寸步不離保護著的！

楊奇達住在一幢高級大廈的頂樓。

楊奇達是著名的足球明星，收入十分好，住所也佈置得很豪華，當木蘭花和安妮趕到的時候，高翔也已經來到了。

在楊奇達居所內外，佈滿了警員。

木蘭花和安妮兩人才一走進門，便聞到了一股異樣的焦臭味道，客廳中所鋪的名貴地氈上，全是水漬，楊奇達是和他妹妹住在一起的。

那時候，他妹妹正坐在沙發上，掩面痛哭。

另外，還有一個女傭在回答高翔的問話，那女傭的面上，現出駭然欲絕的神色來，道：「我正在工人房中睡覺，忽然聽得轟地一聲巨響，我被震跌在地上，爬出房來時，已經看到浴室門倒了下來，水向外濺，少爺已經……已經……」

那女傭講到這裡，手掩住了臉再難講得下去。

高翔緊蹙著眉，他轉過頭來，看到了木蘭花。

木蘭花問道：「屍體在什麼地方？」

「還在浴室中，」高翔回答：「可是，蘭花，你還是別去看的好，他死得很可佈。」

木蘭花向浴室望了一眼，並不走過去，道：「死因是什麼？那女傭聽得有一下巨響，可是什麼東西發生了爆炸麼？」

「是的，初步的檢定，是煤氣熱水爐發生爆炸。當爆炸發生之後，浴室的門被彈開，火焰向外竄來，幸而煤氣管有自動截斷裝置，才未至釀成大火！」

木蘭花緩緩地道：「那麼，好像是意外！」

「蘭花，」高翔憤然地說道：「你明知不是意外！」

木蘭花沒有說什麼，向坐在沙發上的楊奇達的妹妹望了一眼，高翔道：「她是死者的妹妹，她傷心得什麼話也說不出來！」

木蘭花來到了她的身邊，她看來年紀很輕，大約十四五歲，一個十四五歲的少女忽然受到了那樣的打擊，心中的驚慌，實是可想而知的。

木蘭花在她的身邊坐了下來，握住了她的手，她也忙握緊了木蘭花的手，木蘭花道：「楊小姐，我是木蘭花。」

楊奇達的妹妹一面哭，一面點頭道：「我知道你，我聽過你的很多事。我叫……安娜，我哥哥……死得那麼可怕，我……」

木蘭花在她的手背上輕輕拍著，道：「安娜，你必須鎮定下來，你哥哥已經死了，我們要找出他死亡的原因來，需要你的合作。」

楊安娜緊咬著下唇，抿著嘴道：「我會的。」

「安娜，當意外發生時，你在什麼地方？」

「我……在房間中溫習功課。」

「你沒有出來？」

「出來過，我出來聽電話。」

高翔這時正在指揮著人，將已用白布包起的楊奇達屍體搬出去，他一聽得楊安娜這樣說，心中不禁陡地動了一動。

他連忙轉過身來，道：「電話，誰打來的？」

「我不知道。」楊安娜再回答著。

木蘭花略怔了一怔，道：「你不知道？那是什麼意思？打電話來的人，難道未曾說出他是什麼人，是找誰聽電話的？」

楊安娜仍然在流著淚，道：「沒有，我拿起電話來，他就叫我的名字，問我哥哥在做什麼，我說哥哥才練球回來，正在浴室中。」

高翔忙道：「你照實說了？」

「是……的。」楊安娜回答，「我才放下電話，走進房中，浴室就爆炸了，我被震得撞在地上，當我打開門來時……」

楊安娜講到這裡，又掩面哭了起來。

高翔忙問道：「楊小姐，打電話給你的，是一個男人？他既然能叫出你的名字，那一定是你的熟人，你認得出他的聲音麼？」

「我認不出，那也不一定是熟人打來的，哥哥有很多球迷，那些球迷也都知道我是他的妹妹，我們家中時時有這種電話來的。」

高翔吸了一口氣，向木蘭花使了一個眼色。

木蘭花站了起來，低聲道：「安妮，你安慰一下楊小姐，要她堅強些。」

安妮答應著，在楊安娜的身邊坐了下來。

木蘭花和高翔一起來到了陽臺上。

從陽臺上望出去，幾乎可以看到本市一大半的景色，高樓大廈林立著，一片繁榮美麗的情景。但是，在那些高樓大廈之中，卻也充滿了罪惡！

木蘭花一到了陽臺上，便道：「高翔，為什麼你那麼注意這個電話，這個電話和楊奇達的意外死亡，有什麼關係？」

高翔將雙手插在衣袋中，道：「這事情值得注意，是因為在梁梅生突然遭暗殺之前，也有人打電話給歌劇院的經理，問他梁梅生在做什麼。」

木蘭花道：「然後呢？」

「經理說，他才放下電話，槍聲就響了！」

木蘭花喃喃地道：「而現在，楊安娜才放下電話回到房中，爆炸就發生了，那只不過是兩三秒的事！」

「是啊……」高翔立時說：「看樣子，那神秘電話的目的，是要確定被害人在什麼地方，然後，他才好從容進行謀殺！」

木蘭花抬起頭來，道：「從推理上來說，那很合理，但是，凶手是怎麼下手的呢？殺梁梅生的凶手沒有找到，浴室煤氣熱水爐爆炸，又好像根本沒有凶手！」

高翔來回踱著步。

木蘭花的問題，自然是這兩樁謀殺案的焦點，或者說，應該包括那三宗汽車失事案的焦點，那便是：凶手在什麼地方呢？凶手如何導致汽車失事？凶手如何在放槍射死了梁梅生之後離去？凶手又如何能在楊奇達在浴室的時候，引起煤氣熱水爐爆炸？這是一個最大的疑問。

但是，高翔可以肯定的一點是：這其間，一定有凶手！

高翔回到了客廳中，他派去日夜不停保護楊奇達的那四個探員，神色仍然十分驚怒，一起向高翔走了過來，道：「高主任，我們失職了！」

高羽苦笑了一下，道：「那不干你們的事，楊奇達在練完了球，回家的時候，可有什麼異常的言行值得注意的麼？」

四個探員一起搖頭，其中一個道：「沒有，一點也沒有，他有說有笑，還說他忽然間成了大人物，有四個人來保護著他。」

「他到家之後呢？」

「一到家，他就進了浴室，我們兩個人在陽臺上，兩個人在客廳中，電話響了，楊小姐出來聽電話，隨即就發生了爆炸。」

木蘭花突然加插了一句，問道：「當你們和楊奇達一起回家時，是不是有人在背後跟蹤？」

那四個探員互望了一眼，其中一個才道：「可以說沒有，除非跟蹤者的技巧十分高明，使我們根本無法覺察得到。」

「那麼，」木蘭花再問：「楊奇達的練球時間，是不是定時的？還是隨他自己高興，愛練多久便多久？」

「有一定的，楊奇達喜歡在夜深人靜的時候，獨自在球場練球，幾乎每天都是一樣，他支付球場夜間開燈的電費，他每天練到一定的時候就回家，我們奇怪他有這種習慣，曾經和他談起過，他說，他有這個習慣，已經好幾年了！」

「那麼，他在練球回家之後，一定是立即進浴室的？」

這一次，回答木蘭花問題的，不是那四個探員，而是楊安娜，她道：「是的，哥哥很愛清潔，他一回家，第一件事就是洗澡！」

楊安娜的雙眼還是十分紅腫，但是她卻已不再哭了，當她站起來回答木蘭花的問題的時候，安妮就在她的身邊站著。

當然，楊安娜止住了哭，是和安妮的勸慰有關的。

木蘭花深深吸了一口氣，道：「楊小姐，你們家中最近可有生人上過門？」

「生人？」楊安娜問。

「是的，像是修理工人之類的，那煤氣熱水爐，最近有沒有損壞而召人來修理過？」木蘭花又進一步問。

「那我不知道，我下午要上學，得問巧姐。」

那女傭忙走了過來，道：「沒有陌生人來過，煤氣熱水爐一直很好用，哎呀，從此以後，我再也不敢用熱水爐來洗澡了。」

高翔道：「楊小姐，你哥哥和陳寶明是好朋友嗎？」

楊安娜道：「不是，陳寶明只是我們的遠房親戚。」

高翔道：「他最近有沒有到你們家來過？」

楊安娜道：「來過的，他在三天前來過，找我哥哥談了一會，就和我哥哥一起出去了，當時，我哥哥好像對他有點不好意思。」

高翔立時道：「蘭花，我們快走！」

木蘭花也不問高翔為什麼要快走，和到什麼地方去，她立時向門口走去。顯然，在那一剎那之間，他們兩個人想到了同一個問題！

可是安妮卻還未曾想到什麼，她看到木蘭花和高翔兩人突然向外走去，她忙問道：「蘭花姐，你們要什麼地方去啊？」

木蘭花道：「我們去看另三個人，你在這裡，暫時陪著楊小姐，遲些，我會打電話到這裡來，再和你聯絡的。」

木蘭花急急說了幾句話，已和高翔一起走了出去。

他們一直到了大廈的門口，木蘭花才道：「高翔，你想到了什麼？」

「和你一樣，」高翔說：「陳寶明是一個機械方面的專家，他一定先在那煤氣熱水爐中，安放了一個爆炸裝置，而那種爆炸裝置，是由無線電遠程控制的，當他肯定楊奇達是在浴室中的時候，他只要按動一下按鈕，爆炸就發生了！」

木蘭花道：「不錯，我也那樣想，而且，那三輛汽車失事之謎，也可以揭穿了，那晚舞會中，陳寶明一定曾溜到停車的地方，在這三輛車中裝置了控制儀器，自然，那也是無線電遙控的，只要他按動遙控器。車子就會突然轉彎！」

高翔吸了一口氣，道：「或者在緩慢的後退中，突然發瘋一樣地向上撞去！」

木蘭花道：「我們還得到歌劇院去證實一下我們的推論，如果梁梅生的死，也是由於遙控器自動設備的話，那麼，那柄槍和設備一定還在那裡！」

高翔忙道：「是！」

他們兩人跳上了一輛警車，直駛向歌劇院。

在途中，木蘭花又道：「如果那東西還在的話，我相信一定是在二樓的燈光裝置部分，那地方的角度，正好是發槍的角度！」

高翔嘆了一聲，道：「不錯，我當時未曾想到！」

警車風馳電掣地向前駛著，但是當警車來到了歌劇院門口停下來時，高翔和木蘭花卻陡地呆了一呆。

歌劇院門口，不但停著好幾輛警車，而且，還停著許多消防車，濃煙不住從歌劇院中冒出來，歌劇院的經理正在門口急得團團亂轉。

高翔立即跳了下來，直奔到了歌劇院的門口，一下攔住了那經理，道：「怎麼了？」

那經理唉聲嘆氣道：「真是禍不單行啊，高主任，電線洩電，走火了，唉，這一次，整個二樓幾乎都被燒掉了！」

木蘭花也趕了下來，道：「二樓起的火？」

「是的，二樓左首的燈光照射部分起的火。」

木蘭花和高翔互望了一眼，木蘭花又問道：「那一部分，前些日子是不是出過毛病，召人修理過一次？」

那經理奇道：「是啊，小姐，你怎麼知道？」

高翔怒吼道：「在梁梅生死的時候，你為什麼不說？」

那經理嚇了一跳，道：「我不……知道，我想不到這兩者之間有什麼關係，我實在不知道！」

木蘭花道：「算了，別提了，我們還是走吧，這一場大火，自然將所有的證據都燒毀了，我們還能找得到什麼？這裡離誰的住所最近？」

高翔道：「張教授的住宅，就在不遠處。」

木蘭花道：「我們先去看他！」

他們又跳上了警車，這時，已經是凌晨四時了，那正是城市街道上最冷清的時候，是以警車可以以極高的速度向前駛著。

不到三分鐘，他們便已停在一幢外表看來很古老的小洋房之前。

高翔跳下車來，不斷地按著電鈴，在寂靜的夜間，他們可以清晰聽到電鈴聲在那幢房子中響起的「鈴鈴」聲。但是他們足足按了兩三分鐘，屋中傳來了劇烈的狗吠聲，才有人來開門。

開門的人，是一個披著衣服的老人，向外看了一眼，道：「半夜三更，什麼人？」

「我們是警方人員，」高翔忙道：「張教授在麼？」

「張教授在睡覺！」那老人不耐煩地回答。

「快開門，讓我們進來，」高翔急急地說：「事情十分重要，快開門，讓我們進來！」

那老人還在遲疑著，不肯開門，就在這時，只聽得樓梯上傳來了一下怒喝聲，道：「什麼人在吵鬧，我要報警來抓人了！」

高翔聽出那正是張柏年的聲音，他忙大聲道：「我就是警方人員，張教授，請你快開門，我們有要緊的事來找你的！」

張柏年的年紀已經不小了，可是脾氣也真大，只聽他怒吼一聲，從樓梯上「蹬蹬蹬」地衝了下來，罵道：「滾！你們吃飽了飯，還有什麼事可做？」

他滿面通紅，衝到了門口，怒視著高翔。

高翔道：「張教授，你有生命危險！」

「放屁！」張柏年大聲喝罵著：「又是你，你不是要派四個人來保護我麼？我現在若是死了，站在你前面的，難道是鬼！」

張柏年的脾氣如此暴躁，這真使高翔有點啼笑皆非，但是他想及現在正是凌晨四時，張柏年在熟睡中被人吵醒，脾氣大一些，也是難免的，是以他耐著性子道：「這可不是開玩笑的，張教授，梁梅生死了，楊奇達也在不到一小時前死了，下一個目標，可能就是你！」

4 遙控儀器

張柏年的雙眼睜得老大，道：「你在胡說什麼，誰是梁梅生？誰又是楊奇達，我認識他們麼？他們死了，關我什麼事。」

高翔的心中苦笑了一下，陳寶明要害的十個人，相互之間可能是不認識的，這一點，高翔事先倒未曾想到，他忙又道：「那麼，你認識陳寶明？」

「當然認識，」張柏年呆了一呆，「他也死了麼？」

「不是，我想問你，他最近有沒有上你家來過。」

「有！」張教授立時回答。

高翔不禁陡地吸了一口氣，道：「張教授，那就請你快開門，讓我們搜查你的屋子。我們有理由相信，你的生命在極度的危險之中，一個特殊的裝置，可以令你在不知不覺中喪生！」

也許是高翔的話說得十分焦灼，十分誠摯，又也許是張柏年已醒透了，是以火氣也不那麼大了，他呆了一呆，才「哼」地一聲，道：「警方對市民的保護，倒真是周到得很！」

高翔明明知道，張柏年那樣說是意存諷刺的，但是他卻道：「張教授，那是我們應盡的責任！」

張教授向那老人望了一眼，道：「開門！」

那老人答應了一聲，手發著抖，摸出了一串鑰匙來，打開了門，高翔和木蘭花走了進去。

木蘭花道：「張教授，你是不是擁有一部分寶記集團的股票？」

「是啊。」張柏年回答。

「而你也準備在這次寶記集團的特別董事會中，投票否決陳寶明董事長的地位，是不是？」木蘭花進一步問他。

張柏年道：「對，那是我的決定，因為陳寶明反對寶記集團和另一個集團合併，而事實上，合併卻可以使利潤大大增加。」

木蘭花道：「陳寶明為什麼來看你？」

「就是為了這件事，他說我們是老朋友了，不應該那樣做，我回答他說，他不做董事長，事實上，以他手中的股權，可以有更好的收入。」

「你沒有答應他？」

「沒有！」

高翔道：「他是什麼時候來看你的？」

張柏年側著頭，想了一想，道：「三天前，下午。」

「你在那裡接見他的？」高翔再問。

張柏年卻又嚷叫了起來，道：「你們在想些什麼？以為陳寶明會殺害我麼？陳寶明商場上的手段雖然十分狠，而且，那天得不到我的承諾，他也十分惱怒，但是他卻絕不會殺人的！」

高翔冷冷地道：「但事實上，已有七個情形和你相同的人遭到殺害了，張教授，請你再回答我，你是在哪裡接見他的？」

「在我的書房。」

「我們一起到你的書房去！」高翔忙說。

張柏年又呆了一呆，才帶著高翔和木蘭花兩人走進了客廳。在客廳的左首，是一扇門，他打開了那扇門，亮著了燈，那是一間很寬敞的書房。

張柏年請他們坐了下來，高翔道：「張教授，你要細心想一想，那天下午，陳寶明來看你的時候，他坐在什麼地方。」

「就在你坐的那張沙發上。」張柏年回答。

「他曾到過什麼地方？」高翔再問。

張柏年想了一想，道：「他本來一直坐著，等到聽到我不答應他的要求之後，他的神情就變得很激動，走來走去，但也一直在書房中。」

「他的手可有拿著什麼特別的東西沒有？」高翔問。

張柏年皺著眉，道：「我想不起來了，或者沒有，或者有，對了，他不斷吸著煙，而我是最討厭吸煙的人，我曾走過去打開窗子。」

張柏年的話才一說完，木蘭花便問道：「張教授，你可有什麼固定的生活習慣？」

「沒有什麼固定的生活習慣！」

高翔已打了電話到警局，來了好幾個幹線的探員，他們在那天陳寶明經過的大門口，走廊中，以及書房中，展開了嚴密的搜索。

但是，他們卻找不到什麼。

等到他們離去的時候，天已亮了！

張柏年打著呵欠，用一種近乎譏笑的神情望著高翔，道：「我早就說過了，我最了解陳寶明這個人，他是不會殺人的！」

高翔沉聲道：「張教授，現在暫時我們沒有發現什麼，但是，你一定要小心，陳寶明再來看你，你立時要通知警方！」

木蘭花又說道：「張教授，關於警察派人保護你——」

張柏年搖頭道：「不要，絕對不要！」

木蘭花和高翔告辭了出來，他們已經一晚沒有睡了，但是他們卻誰也未曾想到「休息」兩字，他們來到了將軍徐健的住所之外。

當他們來到徐健的住所外時，徐健已經起了身，在他的小園子中澆花了，那四個探員也在院子之中，幫著修剪花草。

徐健的頭髮全白了，但是他卻滿面紅光，精神奕奕，一看到了木蘭花和高翔，便揚手道：「兩位早啊，我並沒有什麼意外！」

高翔和木蘭花兩人推門而入，高翔問道：「徐將軍，你認識陳寶明麼？」

「認識，我們是老朋友了！」

「他最近來探訪過你？」

「是，三天前，傍晚時分。」徐健回答。

高翔和木蘭花互望了一眼，看來陳寶明在三天之前，曾經拜訪過每一個人，自然，他的目的是想人家支持他。

高翔忙道：「徐將軍，這事情十分重要，當時，你們是在什麼地方談話的？」

「在客廳中，怎麼啦？」

木蘭花道：「請你帶我們到客廳去。」

徐將軍放下了手中的水壺，和高翔、木蘭花一起走進了客廳。那四名探員也忙跟在後面，徐將軍拉開了窗簾，指著一張沙發道：「他坐在那裡。」

「他還到過什麼地方？」

「那我記不得了，他在客廳中走來走去，他很惱怒，因為我不肯聽他的話，他是來勸我在董事會中支持他的意見的。」

木蘭花又問出了那個問題，道：「徐將軍，你有什麼固定的生活習慣？」

「我？」徐將軍搖著頭，「沒有什麼，早上澆澆花，打打太極，嗯，有了，每星期四，我一定收看電視的戰爭影集。」

徐健一面說，一面指著一架電視機。

高翔和木蘭花都緊張了起來，異口同聲問道：「你在看電視的時候，是坐在那一張椅子上的？」

徐健呆了一呆，像是對他們兩人的問題覺得十分奇怪，但是，他還是回答了兩人的問題，道：「我坐在那張搖椅上。」

高翔立時向那張搖椅走去，木蘭花叫道：「小心！」

徐將軍笑了起來，道：「不要緊的，那搖椅雖然用了很多年，卻還很結實，就算是三四百磅的大胖子，坐上去也——」

徐將軍在不斷地說著，高翔已向前走去，翻過了那張搖椅來，他陡地吸了一口氣，道：「蘭花，你看，那是什麼東西！」

木蘭花和徐健都看到了，在搖椅的底部，兩條橫木之間，有一隻小小的金屬盒子，那金屬盒子是密封著的。

徐將軍立時奇怪地問道：「咦，這是什麼？」

高翔小心地將搖椅翻過來，放好，自口袋中取出金屬片來，道：「你們全退出去，這盒子中，可能有強烈的爆炸品！」

可是，高翔儘管叫各人退出，卻並沒有人退出客廳去，每一個人的目光都集中在那個金屬小盒子上。

那小盒子，是用一種強力的膠水黏在椅子底部的，在盒蓋上，有四枚小螺絲。高翔用那金屬片旋開了那四枚小螺絲，那金屬盒的蓋子便跌了下來，高翔一看盒子內部，便後退了一步，抬起頭來。

在那時候，誰也不說話，因為誰都可以看得出，那是一個小型的無線電波接收儀，連著小團黃色塑膠炸藥引爆的信管，相差不到一公分。

只要一接收無線電波，引爆的電極一相碰，那團炸藥立時會爆炸，而坐在搖椅上的徐健將軍，自然就一命歸西了！

徐將軍最先出聲，他大笑叫了起來，道：「天，真有人想殺害我……那是什麼人？」

高翔小心翼翼，將盒內的引爆裝置拆了下來，然後他用力撬下那金屬盒，這才道：「我們很快會有答案的，徐將軍！」

木蘭花吸了一口氣，道：「有必要通知張教授，叫他暫時不要回家去，以免遭害，他家中一定有同樣的裝置，只不過我們找不到而已。」

高翔忙走過去打電話，兩分鐘後，他道：「張教授到學校去了，我再打電話到他學校去找。」

高翔又撥動著電話，可是一分鐘之後，他的臉色卻變得難看到了極點，他放下了電話來，道：「大學的化學實驗室發生了爆炸！」

木蘭花陡地吃了一驚，道：「張教授——」

「張教授首當其衝被炸死了，那是在五分鐘之前發生的事！」

徐將軍喃喃地道：「可怕，太可怕了！」

高翔用力頓足，道：「那是我們的疏忽，我們為什麼沒有想到學校，想到化學實驗室，唉，我們為什麼沒有想到這一點！」

木蘭花的眉心打著結，一言不發。

過了好久，木蘭花才道：「高翔，你到學校去，我去看白鳳小姐。」

高翔雙手緊握著拳，道：「不，我要立即前去逮捕凶手！」

「你有什麼證據？」木蘭花問。

「搜他的辦公室，找出遙控儀器來，就解決了！」高翔大聲回答著。

木蘭花道：「我看你找不到什麼來，遙控儀器可以小到如同一隻煙盒，可以放在任何地方，凶手能夠想出那麼惡毒的方法來殺人，怎會給你找到那儀器？」

高翔對於木蘭花的意見一直是最推崇的，可是這時，他或者是由於他實在太憤怒了，因為他已採取了種種預防的措施。但是凶手仍然一樣行凶！

他額上的青筋也綻了出來，他重重地在桌上搥了一拳，道：「不行，就算找不到，我也得去找一找，至少可以遏止他繼續行凶！」

木蘭花呆了片刻，道：「我沒有意見，你有權決定如何行動！」

徐健在一旁插言道：「請恕我多嘴，你們在討論的凶手，究竟是什麼人？算來，我和任何人都沒有什麼仇恨，為什麼有人要殺我？」

高翔立時答道：「是陳寶明！」

木蘭花望了高翔一眼，補充道：「我們只是懷疑他可能是凶手，現在還沒有什麼確鑿的證據，可以證明他真是凶手！」

木蘭花這樣解釋，是有道理的，因為陳寶明是在社會中十分有地位的人，高翔認定他是凶手，木蘭花也認為他是凶手，但是光是「認為」是不夠的，要能夠提出確實的證據來，在還未曾有證據之前，高翔的話傳了出去。就十分不妙了！

徐將軍呆了一呆，道：「他？他為什麼要謀殺我？」

徐將軍才問了一句，立時「啊」地一聲，道：「我明白了，是為了寶記集團的股權問題，如果我們全死了，那麼，他就能優先收買我們的股份！」

木蘭花一面向高翔示意，叫他不要多說，一面道：「我們也正是懷疑這一點，擁有寶記集團股票的人相繼死亡，這實在太可疑了！」

高翔長長吸了一口氣，道：「行了，我去簽搜索令！」

木蘭花的口唇動了動，她像是想說什麼，但是卻未曾說出口來，而高翔根本沒有看她，他話一說完，就氣沖沖地走了出去。

木蘭花望著高翔的背影，呆立了片刻，直到高翔已上了警車走了，她才道：「徐將軍，警方的保護人員繼續留著，你自己也要小心些！」

徐健攤了攤手，像是不知說什麼才好，然後，他才嘆了一聲，道：「那實在太可怕了，我和陳寶明是那麼多年的老朋友了！」

木蘭花並沒有聽徐將軍再向下說去，她轉身慢慢地走了出去，她的心中也萬分感慨，這世界上，一個利字，令得多少人頭腦不清啊！

木蘭花的心中十分亂，她在離開了徐將軍的住所之後，一個警員走向她，問道：「蘭花小姐，高主任命令我聽你的吩咐。」

木蘭花抬頭看了看，一輛警車就停在不遠處。

她的心中十分亂，是因為她感到有很多想不通的地方，那些想不通之處，全是張柏年在實驗室中被炸死而引起的。

她剛才想對高翔說起自己心中的疑點，但是她看到高翔的樣子，知道高翔無論怎麼說，都要去搜查陳寶明的辦事處和住宅的，是以她沒有說出來。

這時候，她又將她心中的疑點，整理了一下。

最令她想不通的是，張柏年為什麼會死在學校的實驗室中，而不是死在他的家中！

從現在所獲得的線索來看，這件案子好像已經很明朗化了：陳寶明為了奪得股權，所以才一個接一個地謀殺了那麼多人。

而陳寶明所用的方法，是十分惡毒的，他根本不必在凶殺案發生的時候在現場，他只要先將暗殺的裝置，放在一處地方，然後，再肯定了要殺的人，是在那個地方之時，他就可以下手了！

梁梅生是那樣死的，楊奇達是那樣死的，如果不是找出了爆炸裝置，徐健也會那樣死去，但木蘭花不明白，當她和高翔造訪張柏年之際，幾乎已向張柏年說明了這一點，張柏年為什麼不向他們兩人說出，陳寶明曾到學校去看過他？

陳寶明除了以拜訪張柏年為名，可以說沒有可能混進化學實驗室中去的，因為化學實驗室中有很多危險藥品，通常一定有嚴密的看守，張柏年為什麼不提起這一點呢？

如果張柏年提起了這一點，那麼他們一定會再去搜查學校的化學實驗室，那麼，張柏年或者可以不必死了！

粗淺的解釋，可以說是因為張柏年根本不相信陳寶明會殺人（那是張柏年一再強調的），所以他才懶得向警方人員提起。可是，頭腦精密的木蘭花，是不會滿足於那樣的解釋的，她要獲知深一層的原因。

現在，張柏年已經死了，她自然不能去問張柏年，那就只好憑自己的推理了，但到現在為止，她卻只有懷疑，而沒有結論！

木蘭花站在街邊怔怔地想著，朝陽照在她身上，那兩名警官一直站在她的身前，直到思路告一段落，木蘭花才抱歉地道：「對不起，令你們久等了！」

「不要緊。」那兩個警員忙答。

木蘭花說出了白鳳的住址，就向警車走去，那兩個警員忙跟在後面，木蘭花和他們一起上了警車，車子便疾馳而去。

木蘭花的心中，仍然在想著事。

張柏年為什麼不和他們講起陳寶明曾到學校中去找過他，那是最大的疑點，而另一個疑點則是，張柏年為何堅持陳寶明不會殺人呢？

在十名被害人的名單之中，張柏年可能是和陳寶明最熟稔的人，那麼，張柏年的話，是不是可以有一定的參考價值呢？

想到了這裡，木蘭花發現如果自己再想下去，幾乎要想到陳寶明不是凶手這一點上去了，她不由自主搖著頭，苦笑起來。

高翔不等女秘書的通報，便推開了陳寶明辦公室的門，那時，高翔帶來的大批警員，已經將整個大廈的出路全都封鎖了。

高翔一走進去，正在忙碌的陳寶明自他華麗的辦公桌後抬起頭來。怒道：「你連進來要先敲門這樣的普通規矩也不知道麼？」

高翔將幾份文件「啪」地一聲，重重拋在陳寶明的辦公桌上，道：「請你看看這些，我想，沒必要再敲門的了！」

陳寶明低頭一看，他立時現出了驚怒交集的神色來，道：「搜索令，為什麼？」

「搜索你的辦公室、住所、跑車以及遊艇。」高翔沉聲道：「警方要你在搜索期間進行合作！」

陳寶明「砰」地一掌，擊在桌上，道：「為什麼？」

「警方有特殊理由，不必向你說明！」

「他媽的，」陳寶明咆哮了起來，「我們是生活在極權國家麼？警察可以不說明任何理由，就去搜索居民的一切地方？」

高翔冷冷地道：「警方自然有理由的，而且，也不是隨便搜索，請你看清楚，這是由合法官員簽署的搜索令，你是不是準備抗拒？」

陳寶明的面色鐵青，高翔從來也未曾看到過一個人的面色變得如此難看的，他顯然是怒到了極點，以致他的聲音也在發著抖。

他惡狠狠地道：「好，我讓你搜查，但是我也決定控告你妨礙我的事業，在我的地方進行沒有理由的搜查，你準備接受控告好了！」

高翔依然冷笑著，道：「現在，是誰會接受控告還不知道，但是，有一點不妨告訴你，楊奇達死了，張柏年也死了，我們當然會找到凶手來控告的！」

陳寶明尖聲道：「你在暗示我是凶手？」

「我有那樣說麼？」高翔轉過身去，向站在門口的探員一招手，道：「開始搜索，我們要尋找的目標是什麼，你們是全知道的了？」

「是！」警員答應了一聲，一起走了進來。

嚴密的搜索開始了。

搜索不但在陳寶明華麗的辦公室中展開，而且，也在整幢大廈中展開，高翔向陳寶明招了招手，道：「請你走到我的面前來。」

陳寶明怒道：「做什麼？」

「搜查你的身上！」高翔簡單地回答。

陳寶明發出了一聲怒吼，他向門口大叫道：「秘書，通知律師立即來，我忍耐也有限度的，快通知他們，叫他們全來！」

高翔道：「就算是全世界的律師都來了，你也不能不讓我搜查。」

陳寶明「霍」地站了起來，直走到了高翔之前，道：「好，看你的，我不信沒有一條法律可以制裁像你這樣的飯桶！」

「陳先生，」高翔立時指著他，「你說話要小心一些，辱罵警官是犯罪的！」

陳寶明氣得臉上一陣紅，一陣青，一句話也說不出來。

高翔仔細地搜索著陳寶明的全身，連鞋跟也搜到了，可是卻沒有什麼發現，而五分鐘後，三個律師已經趕到了。

高翔認識那三個律師，他們全是本市最知名的律師，當高翔任控方的時候，曾不止一次和他們在法庭上展開唇槍舌劍。

他們一到，其中一個便道：「高主任，請你下令搜索暫停進行，我們要查看搜索令。」

高翔向桌上一指，道：「桌上。」

幾個律師將搜索令拿了起來，三人聚在一起看著。

陳寶明迫不及待地問道：「可以將他們趕走麼？」

那三個律師無可奈何地搖著頭，道：「不能，搜索是合法的，但是，這種大規模的搜索，應該向被搜索者詳細解釋原因！」

高翔冷笑著道：「大律師，你別以為我不懂法律，我想你是說錯了，我有義務向法庭解釋搜索的詳細原因，而不是向他！」

高翔在說到一個「他」字之際，向陳寶明指了一指。

那律師的神情有點尷尬，但是他立即道：「隨便你向什麼人，如果你的解釋不被法庭接納，你可曾考慮到有什麼後果？」

「這一點，」高翔立時回答，「警務人員的權力和責任的規章中，規定得很清楚，我想不必由你來提醒我了，我完全知道。」

那律師又道：「你會接受控訴！」

高翔道：「那要看我是不是搜得到我要的東西而定！」

那三個律師互望了一眼，其中一個道：「我們要和我們的當事人研究一下，也就是說，我們要單獨說話。」

「你們可以到那邊去交談，但不能離開！」高翔回答。

那三個律師擁著陳寶明，到了辦公室的一角，一個律師低聲問：「警方為什麼要展開大規模的搜索，究竟是為了什麼？」

「好像是為了謀殺案。」陳寶明回答。

三個律師呆了一呆，齊聲道：「那麼——」

陳寶明怒道：「你們在胡思亂想什麼？」

一個律師將聲音壓低到耳語的程度，道：「看來，高翔像是頗有把握，如果給他找到了他要找的東西——」

陳寶明怒喝了起來，道：「他絕找不到什麼，你們最好是快想法子，替我研究如何控告他的好，盡量想辦法替我找他的罪名！」

一個律師道：「可以告他失職。」

三個律師在研究著，陳寶明則滿面怒容地望著高翔。

陳寶明沒有說錯，高翔和他帶來的大批探員找不到什麼。他們找遍了整座大廈，找過了陳寶明的住宅、汽車和遊艇。

他們使用了最新型的儀器，而且，也動用了全市最能幹的搜索專隊，但是高翔並沒有找到他要找的無線電操控儀！

當高翔離去的時候，陳寶明的手指幾乎指在他的鼻尖上，道：「高主任，你等著在法庭上聽我對你的控告罷！」

高翔若不是身為警務人員，真想一拳直打在他的鼻子上！但當時，以他擔任的職務而言，他自然是不能隨便出拳打人的。

他只是悶哼了一聲，帶著大批警員收隊離開；一方面，又命人嚴密監視陳寶明的行動，然後，他才回到了警局。

5 凶手詭計

當他在歸途中時，又已然是夜色朦朧了，他花了整整一天的時間在搜索上，卻遭到了失敗，疲倦和沮喪一起襲上了心頭。

當他推開辦公室的門時，他一頭倒在沙發上，心中有說不出的難過，他甚至不去開燈，就閉上了眼睛。

但是，也就在他闔上眼睛的同時，便聽得木蘭花的聲音，自他的對面傳了過來，木蘭花道：「高翔，你怎麼啦？」

高翔睜開眼來，這才看到木蘭花就坐在對面的一張沙發上，她沒有開燈，而高翔的心情又實在太沮喪了，是以進來時沒有看到她。

他這時看到了木蘭花，才欠身坐了起來，可是，他也不知道說什麼才好，只是長嘆了一聲。

木蘭花站了起來，開亮了燈，轉過身來，道：「高翔，什麼也找不到，那是意料中的事，我們要找的東西，體積可能比想像中的更小，可以收藏在任何地方！」

「可是，」高翔仍然不服氣，「我們幾乎找遍了任何地方！」

「沒有用，要收藏一件東西，太容易了。」

高翔又嘆了一聲，木蘭花移過一張椅子，來到了他的身前，坐了下來。道：「高翔，你從來不是受了打擊就唉聲嘆氣的人！」

「可是，這一次不同，」高翔憤然說：「我明明知道凶手是他，可就是沒有辦法，而且，在這一次搜索而毫無結果之後——」

木蘭花道：「他準備控告你，是不是？」

高翔點了點頭。木蘭花又道：「會有什麼後果？」

高翔憤然道：「有什麼後果，大不了我失職，我不當警務人員就是了，可是無論如何，我總要叫他坐上電椅去！」

木蘭花半晌不語，才道：「你可要聽聽我一天來忙碌的結果麼？」

高翔燃著了一支煙，深深吸了一口，道：「你說！」

在他講話的時候，聲音和煙一起自他的口中吐了出來，他的雙眼之中已佈滿了紅絲，木蘭花道：「我說完之後，你可得回家去休息了。」

高翔答應著，道：「好，白鳳怎麼樣？」

「白鳳已經離開了本市，我去的時候，她正在整理行李，她要到東京去參加一個時裝設計的會議，要好幾天才能回來。」

「陳寶明去找過他？」高翔問。

「是的，在她的時裝公司內見面，時間是陳寶明找張教授、徐健和楊奇達的同一天，和白鳳談的，也是同一個問題。」

「那麼，有沒有搜查時裝公司？」高翔緊張地問。

「沒有。」

「為什麼沒有？」

木蘭花道：「因為據白鳳說，她已經答應在特別董事會中改變主意，對陳寶明投有利的票，那麼，自然沒有問題了。」

高翔雙眉緊皺道：「白鳳為什麼要支持他？」

木蘭花笑了起來，道：「我沒有問下去，但是，我可以看出，白鳳在提到陳寶明的時候，總現出很欽仰的神色來。事業成功的男人，是容易得到女人傾心的，而女人又比較重感情，或者，白鳳不在乎那些股權上的利益，寧可犧牲利益，來維持她和陳寶明的友誼。」

高翔「哼」地一聲，道：「凶手的友誼！」

木蘭花道：「白鳳自然不知道這一切，她也不知道，她點頭答應了陳寶明的要求，使她自己避過了被謀殺的危險！」

高翔用力揉著疲倦、發痛的眼睛，沒有再說什麼。

木蘭花又道：「我在和白鳳分手之後，就到了學校中，實驗室被炸得凌亂不堪，張教授當場身亡，好幾個學生都受了傷！」

「爆炸是在張教授的身邊發生的？」

「據學生說，張教授才一坐下不久，就聽得一聲巨響，他整個人就成了一團火，從張教授被炸得如此之慘這一點來看，那爆炸裝置，也可能是在他所坐的椅子之下，和徐將軍的情形一樣！」

高翔頓著足道：「我們為什麼總想不到搜查學校！」

木蘭花道：「高翔，你想過沒有，當我們在搜查他的住所之際，他是應該知道我們為什麼而來的，為什麼他不對我們提起陳寶明曾到學校去找過他？」

高翔呆了一呆，道：「或許陳寶明不是去找他，而是像在歌劇院那樣，假扮了什麼人，混進實驗室中去的！」

木蘭花道：「這應該是唯一的可能，但是我已詳細調查過了，實驗室有嚴密的警衛，也沒有閒雜人可以隨便進出的。」

「那麼，警衛看到過陳寶明來訪？」

「警衛也不能肯定陳寶明是不是去過，但是他卻說，張教授是經常帶著朋友在實驗中談話的，因為總是和張教授在一起進實驗室的，所以警衛也沒有注意。」

高翔長長地嘆了一口氣，站了起來。

木蘭花道：「好了，這件事到現在為止，算是告一個小段落，雖然我們一點收穫也沒有，但我們總也得休息一下了！」

高翔又嘆了一口氣，和木蘭花一起走了出去。

出了警局之後，他們就握手道別，木蘭花雖然在高翔的辦公室中小睡了片刻，但是她也十分疲倦了。

當她回到家中的時候，安妮迎了出來，木蘭花搖了搖頭，道：「安妮，別問我什麼。我實在太疲倦了，楊安娜怎麼樣了？」

安妮道：「她還是很傷心。」

木蘭花嘆了一口氣，進了浴室後，出來就睡了。

第二天，木蘭花睡得很遲才起身，當她穿好衣服，走下樓時，安妮已看完了所有的報紙，木蘭花看到她雙手托著頭，正在沉思。

聽到了木蘭花走下樓來的腳步聲，安妮才抬起了頭，道：「蘭花姐，那凶手真厲害，他怎麼可能殺害了那麼多人，還要控告高翔哥？」

木蘭花一聽，忙加快了腳步，走下樓來，安妮也立時將報紙遞給了她，木蘭花一看就看到了大字標題：

本市工業鉅子，控告警方特別工作組主任。

木蘭花深深地吸了一口氣。

在那條大標題之旁，還有一條副題：「依例被控告之警務人員，必須立即停職，等候審訊。」

這一則大新聞，反倒將楊奇達、張柏年被炸死的新聞擠下去了！

木蘭花坐了下來，安妮問道：「蘭花姐，要不要打一個電話給高翔哥？」

木蘭花的心情十分沉重，她很後悔，為什麼昨天不竭力去阻止高翔進行那些明知毫無結果的搜索，但是，事情既然已經發生了，後悔又有何用！

她搖了搖頭，道：「不必了。」

正在這時，電話鈴響了起來，安妮一拿起電話來，穆秀珍的聲音便響得整屋子都可以聽得到，她嚷叫道：「怎麼一回事？陳寶明是什麼東西？」

木蘭花道：「安妮，請她來。」

「秀珍姐！」安妮忙說：「蘭花姐請你來。」

「哼，我要先去找陳寶明，這傢伙，什麼事幹不出來，我看高翔不會冤枉了他。」穆秀珍憤然說著，「叫我幹什麼？」

安妮道：「是蘭花姐說的。」

「好，我就來！」穆秀珍重重地放下了電話。

這時候，在方局長的辦公室中，高翔的神色倒很安詳，他將警章、證件、佩槍，一起放在方局長的辦公桌上。

方局長的面色很難過，他道：「高翔，這些年來，你一直是全市最出色的警務人員，現在發生了這樣的事，我實在很難過！」

高翔聳了聳肩，道：「不要緊，那樣更好，至少我在面對著陳寶明的時候，可以請他嚐嚐我的拳頭，而不必怕影響警方的聲譽了！」

方局長用十分誠摯的聲音道：「高翔，聽我的話，別胡來！」

高翔還沒有說什麼，只見七八個高級警官一起走了進來，方局長用奇怪的神色望定了他們，道：「咦，你們來做什麼？」

走在最前面的，正是謀殺案調查科的楊科長，他大聲道：「如果高主任被解職，我們就全體辭職，離開警界，另找出路。」

方局長面色一沉，道：「這是一個警務人員應該說的話麼？」

楊科長道：「可是高主任是為了什麼？他出生入死，為本市的治安做了多少事，一個市儈的控告，就要使他解除職務？」

「那是暫時的，」方局長說：「只要法庭認為他確定有搜查陳寶明的理由，那麼，控告就不成立，自然什麼事也沒有了！」

高翔的態度，和那一批高級警官的嚴肅恰好相反，他神情極其輕鬆，而且，那種輕鬆，也絕對不是假裝出來的。

他笑著，拍著楊科長的肩頭，道：「老楊，你怎麼啦，你不是常說，我的工作太緊張，要勸我休息幾天麼？這可不是大好的機會。」

楊科長頗有點啼笑皆非之感，道：「可是……這許多人被謀殺，這件案子如果沒有你來主持，進展可就要遲緩得多了！」

另一個高級警官說道：「這正是凶手的詭計！」

高翔笑了一聲，道：「如果凶手那樣想的話，那麼他就大錯而特錯了，我雖然暫時失去了公職，但我一樣不會放過他！」

楊科長高興了起來，道：「一言為定！」

高翔道：「一言為定！」

高翔和每一個人握著手，吹著口哨，離開了警局。

當高翔來到了木蘭花的住所之際，木蘭花、穆秀珍、安妮，以及雲四風、雲五風兄弟全在，高翔笑道：「好了，全在了！」

木蘭花知道高翔對於警方的職務，並不是十分放在心上，事實上，他已經好幾次想要辭職，卻被方局長竭力挽留下來的。

是以木蘭花也笑著打趣他道：「快要吃官司了，看你還那麼輕鬆？」

高翔道：「常言道，無官一身輕啊！」

各人全部給高翔逗得笑了起來。

雲四風道：「我今早一看到了報紙，就和幾個律師研究過，他們都說，只要說得出充足的理由，控告就絕對不成立的。」

穆秀珍搶著道：「聽蘭花姐說，你是有充足的搜集證據，進行搜索，有什麼不對，陳寶明是什麼東西！」

穆秀珍是一個純感情的人物，她總覺得高翔吃了虧，是以一面說著，一面又憤然地罵了陳寶明一句，她心中便覺得痛快得多。

木蘭花微微一笑，道：「我想陳寶明也是自討沒趣！」

高翔坐了下來，道：「由得他吧，倒是我們該想一想，應該如何進一步偵查這件案子，反正我現在沒有事，我準備從現在起，跟蹤陳寶明。」

穆秀珍道：「不，讓我去！」

木蘭花道：「都不必了，陳寶明不會有什麼毛病讓你們抓住的，據四風說，陳寶明雖然得到了白鳳的支持，也可以購入楊奇達、梁梅生和張柏年三人的股權，但是他仍得不到控制的多數。」

高翔直了直身子，道：「那也就是說，他仍然要對付徐健！」

木蘭花點了點頭。

高翔皺起眉，沉思起來。

雲四風道：「照這樣的情形看來，陳寶明確然非殺徐健不可，因為徐健手中的股份相當多，舉足輕重！」

高翔「哼」地一聲，道：「我們雖然在徐健的椅子下找到了爆炸裝置，但是卻也無法完全證明那是陳寶明放上去的。」

木蘭花皺著眉道：「要證明陳寶明曾犯罪，那是另一種事了，現在我們要做的，便是如何使法庭相信，警方確有懷疑陳寶明的理由。」

穆秀珍大聲道：「理由可以說充足之極了！」

木蘭花望了穆秀珍一眼，道：「但是陳寶明的律師，卻也曾舉出種種的理由來，反駁警方的理由，未必一定樂觀！」

高翔反倒笑了起來，道：「蘭花，就算陳寶明對我的控告成立，又有甚麼大不了？我至多不當高級警官而已，重要的是，這件案子是我還在職時發生的，我決不能讓凶手漏網！」

穆秀珍忙道：「說得對！」

安妮問道：「高翔哥，你有甚麼辦法可以找到證據？」

高翔並不立時回答安妮的問題，他只是先深深地吸了一口氣，然後向木蘭花望去，高翔根本沒有提出一個字來，但是木蘭花卻已明白他的意思了，是以，高翔一向她望來，她就道：「高翔，那不行！」

穆秀珍奇道：「蘭花姐，甚麼不行啊？高翔根本未曾說他想怎麼做。」

木蘭花道：「可是我卻知道他想怎麼做，他要去暗中窺伺陳寶明，偷進他的住宅去，用暗中進行的方式，來搜集證據！」

高翔攤開了手，道：「這是唯一的辦法了。」

「這是最蠢的辦法！」木蘭花立時說：「陳寶明的事業基礎，不論如何動搖，但是他仍然是有財有勢的人，在如今這樣的情形下，他能不嚴加防範麼？」

高翔笑道：「蘭花，你怎麼了？我們是怕人家有防範的人麼？」

木蘭花不禁呆了一呆，不論怎樣，高翔這句話是對的，他們曾到過防範不知多麼森嚴的犯罪組織的總部，陳寶明的措施不論多周詳，也是難以和有組織的匪黨相比擬的。

木蘭花呆了一呆之後，道：「只怕你得不到什麼！」

高翔道：「我第一步的目的，是要偵察他的車房。」

「你不是詳細搜查過了麼？」

「那不夠，我要在暗中偵察！」

木蘭花沒有再說什麼，隔了半晌，她才道：「你要小心，高翔，陳寶明絕不是一個容易對付的人物，如果你落在他的手中——」

高翔的神情十分嚴肅，他道：「我知道。」

穆秀珍摩拳擦掌道：「高翔，你甚麼時候去，我和你一起去！」

安妮道：「我也去。」

雲四風和雲五風也立時向高翔望來。

高翔的心中十分激動，因為那全是他們對他全心全意支持的表現，如果不是生死與共的朋友，是絕不會在患難關頭，給他這樣的支持的。

但是，高翔還是搖了搖頭，道：「這並不是人多就可以辦得成的事，我只想一個人去，如果我失敗了，你們再出動不遲。」

木蘭花沉聲道：「高翔，如果你失敗了，你知道會有甚麼結果？」

高翔的雙手緊握著拳，道：「我知道，我如果失敗，可能死在陳寶明僱用的保鏢之手，也可能給陳寶明捉住，他一定將我交給警方。」

木蘭花凝視著高翔，道：「那樣，你還是要去？」

高翔如果固執起來，可能比任何人還要固執，他對於木蘭花的話的反應是淡然一笑．道：「但是，如果我成功的話，那就甚麼都解決了！」

穆秀珍一個箭步竄到了高翔身前，道：「你如果不要我們和你一起去，那麼，以後你有甚麼事別來找我！」

高翔的回答出人意外的快到出奇，他立時道：「好的！」

穆秀珍瞪著眼發怔，她絕未料到高翔的答話如此堅決，她呆了一呆，又笑了起來，道：「高翔，別認真，我是說著玩的。」

客廳中的氣氛本來十分沉重，可是穆秀珍忽而聲勢洶洶威嚇著高翔，忽然又自己軟了下來，倒將各人都逗笑了。

高翔道：「我會隨時和蘭花聯絡的，從現在起，不論我去到何處，只要在本市的範圍內，我都可以用遠程無線電通訊儀，和蘭花通消息。」

雲四風道：「那比較好些，我們也可以隨時在蘭花那裡，得到你行動的消息。」

高翔又向各人望了一眼，道：「現在，我得先去準備一下，蘭花，你將無線電通訊儀給我，我會一直將它帶在身邊。」

木蘭花向安妮望了一眼，安妮忙奔上了樓，不一會，她就拿著一副小型的無線電通訊儀下來，那種利用超短波通訊的小型無線電通訊儀，在二十里的範圍之內，可以清楚聽到對方的說話，但是它的體積卻十分小，不會比一隻打火機更大。

高翔取了其中的一隻，試了一試，放在衣袋中，便向各人告辭，走了出去。

等到高翔走了之後，客廳中沉靜了好一會。

安妮最先打破沉靜，道：「蘭花姐，高翔哥因為控案被解除了職務，他的心中是不是會覺得很難過？」

木蘭花淡然笑著，在安妮的肩頭上輕輕拍著，道：「我想他不會難過，他本來就是無拘無束，極其灑脫的人，他不會覺得有甚麼不對的。」

高翔對於職務被解除一事，的確不放在心上，他放在心上的是，如何才能搜查到足夠的證據，使陳寶明能夠受到法律的懲罰！

他在離開了木蘭花的家中之後，做了一連串的準備工作，攜帶了必要的工具，又詳細地將他即將展開的行動，細細想了一遍。

午夜時分，他開始行動了！

陳寶明的大花園洋房，坐落在全市最高貴的住宅區中的那一個區域，在午夜時分，格外靜寂，高翔將他的車子，停在離陳寶明那幢洋房七十碼外。

他熄了所有的車燈，觀察著那幢房子。

他手中持著一個紅外線望遠鏡，是以雖然那幢大洋房，除了花園的大鐵門門柱之上的兩盞燈之外，只是漆黑一片，高翔也可以仔細觀察。

他一眼就看到，在二樓的陽臺上，有兩個槍手站著，手中都持著來福槍，在屋頂平台上，又有同樣的兩個槍手在走來走去。

高翔不禁深深吸了一口氣。

事情比他想像的，要困難得多！

有那樣四個槍手，或者比四個更多的槍手，他要偷進屋子去，便變得十分困難了。而當他觀察了幾分鐘之後，他發現他的困難又加深了一層。

因為他看到兩個人，每人都牽著兩條身形高大的丹麥狼狗，在花園中來回巡邏著。看來木蘭花說得不錯，陳寶明防範得很嚴！

陳寶明越是防範得嚴，高翔便越是要設法偷進去！一則，陳寶明防範得如此嚴，這表示他的確是做賊心虛，二則，這等於是對高翔的挑戰，而高翔絕不是隨便屈服的人，他有接受挑戰的勇氣！

陳寶明在屋子中又做了一些甚麼戒備，高翔自然不得而知，但是要越過屋外的封鎖線，便已經不是容易的事情了。

高翔取出了一瓶氣味特別特異的藥水來，噴在他自己的身上，這種藥水，可稱之為「防狗藥水」，因為這種特殊藥水的氣味可以混亂狗的嗅覺，使那四頭丹麥狼狗不覺察有生人接近。

如果不利用這種藥水的話，只怕高翔才一來到圍牆之外，便已經被狼狗靈敏的嗅覺發現，只要狼狗一吠，高翔就甚麼也不能做了。

高翔在噴勻了那種藥水之後，輕輕打開車門，他將車門虛掩著，然後，彎著身子，迅速地向前奔去，奔到了圍牆腳下。

當他奔到了圍牆腳下之際，他聽到了一陣十分低微的「滋滋」聲，那一陣輕微的滋滋聲，卻使高翔的心頭感到極度的震動！

他抬頭看去，在圍牆之上，是一重鐵絲網。

高翔是早已看到圍牆上有一重鐵絲網的，但是他直聽到了那一陣輕微的「滋滋」一聲，他才知道，那是一重電網！

那也就是說，他絕沒有可能攀牆而入！

高翔伏在牆下約有一分鐘之久，不能攀牆而入，那自然只好從門走進去了。從正門進去，是不可能的事，還是試試後門的好。

高翔緊貼著牆，溜到了後門。

可是，當他來到了後門時，他又不禁苦笑了一下。

後門自然鎖著，卻是難不倒高翔的，然而他一到了後門的門柱邊，便聽到了人的腳步聲，和狗的腳步聲。那就是說，在屋子的後面，一樣有人巡邏！

高翔在後門口等了相當久，他才貼著牆退開了，現在，剩下來的辦法，只有一個了，那便是引開那些人，然後設法進入。

高翔四面觀察著，洋房的後門不遠處是山，山腳下放著一列大水桶，高翔俯伏著身子，迅速地奔到了那一列大水桶之後。

然後，他取出了一隻小型錄音機來。他拔開了那錄音機的掣，身子向後一斜，用力比普通人更來得辛苦！他將那錄音機向前拋去，錄音機拋進了圍牆，落到了圍牆的一角，高翔緊張地等著。

他只等了半分鐘，便聽得圍牆之內傳來了一陣尖叫聲，槍聲，那是他預先錄好的聲音，在靜寂的夜間聽來，這些聲響也特別駭人。

而這些聲響，也足以將所有人吸引過去了！

高翔迅速地接近後門，他只用了幾秒鐘的時間，便將門弄開，他將門推開了一道縫，向內張望了一下，看到人和狼狗幾乎都集中在那一角落，八九條狼狗正在狂吠著。

高翔推開門，又將門關下，奔到廚房門口，停了一停。

他可以進入屋子的時間並不多，他立時弄開了廚房的門閃身而入，他聽到樓梯上有不少人，正在迅速地奔上奔下。

高翔來到了通向屋內的門口，他將門慢慢地打開了一道縫，向外張望。

只見大廳的燈火已經通明，兩個人正奔了下來，問道：「甚麼事？」

大廳中一個人昂首道：「有人拋了一隻錄音機進花園，那錄音機已找到了，暫時沒有甚麼意外，告訴陳先生，儘管放心。」

從上面奔下來的兩個人道：「陳先生說，他和高翔現在是對頭，高翔並不是普通人，千萬小心。如果被他混進來，一定要捉住他，那場官司就一定贏了！」

大廳中好幾個人一起答應著，道：「我們知道了！」

高翔緩緩地吸了一口氣，他是沒有機會出去的，而且，從外面的人講的話聽來，陳寶明像是早已料到了他會來，所以才防備得如此之嚴的。

高翔輕輕掩上門，他在廚房中打量了一下，看到了另一扇門，他來到那扇門前，推開了那扇門，那是通到地窖去的。

高翔忙向地窖走了下去，他需要等候，而在地窖中等，應該是最安全的了。現在是午夜，他準備等到清晨時再行動。

所以，他到了地窖之後，就在一隻空木箱之中躺了下來，人的警惕，在清晨時分總是差一些的，他希望能夠有機會接近陳寶明，探聽到一些消息。

高翔真的睡著了，因為他有將近四小時的空閒，他又知道宅中的人雖多，也不會在地窖中發現他，是以他放心睡著了。

等到他醒過來時，他看了看手錶，時間是三時半。

高翔翻身坐了起來，側耳細聽了一下，四周圍靜得一點聲音也沒有，高翔走上了地窖，在廚房中又停留了片刻，才推開了廚房門。

從廚房門望出去，他看到有四個人圍住一張餐桌在玩牌，那四個人玩得十分出神，高翔估計，如果彎著身子接近他們的話，並不是困難的事。

但是困難的是，如果要到達二樓的話，一定要在餐桌的旁邊上樓梯，除非他們四個人全是瞎子，不然絕不會看不見他的。

高翔退了回來，又推開了廚房通向後院的門，那是他進入屋子的門，但是他才一推開門，便又立時將門關上，因為就在門外，有兩個人牽著狼狗等著。

高翔略想了一想，拉過了一張椅子來，他站在椅子上，除下了天花板上的電燈，然後，將一枚硬幣放在燈泡上，再將燈泡上好。

他又來到了門口，先將廚房的門輕輕推開了呎許，那四個在玩牌的人並沒有注意。

高翔的半邊身子已閃出了門，但是他的手卻還留在門內，他摸到了廚房電燈的開關，輕輕按了下去，當他按下了廚房的開關之後，廚房的燈光閃了一閃，接著，所有的燈全部熄滅了。

那是因為高翔在燈泡上放了一枚硬幣，造成了短路，是以保險絲燒斷了的原故，高翔立時閃身而出，貼著牆站立著。

緊接著，便聽得有人在黑暗中，「叭」地一聲，一掌拍在桌子上，罵道：「他媽的，究竟是怎麼一回事，又發生了什麼？」

在二樓，也有人問：「喂，怎麼了？」

桌旁有人回答道：「怕是燒了保險絲，我去看看。」

6 根本錯誤

高翔貼牆站著，他隱約看到有兩個人向廚房走去，高翔也在這時開始行動，他向外走了出去，他的行動，一點也不閃縮，就像他根本是屋中的一分子一樣。

高翔知道，在黑暗中，不會有人認得出他是什麼人來，他越是大大方方的向前走，越是不易惹人疑心，他來到了樓梯口，向樓梯上走去。

有兩個人從樓上走了下來，其中一個，在高翔的肩頭上推了一推，道：「怎麼了，是不是有意外發生，燈為什麼全熄了？」

高翔放沉著聲音，說道：「沒有事，別大驚小怪。」

那兩個人奔下樓去，高翔看到大廳中已亮起了電筒的光芒，而那時，他也已來到了二樓。

高翔曾率領過大隊警員搜索過這幢房子，雖然他的搜索一無所獲，但是也有一個好處，那就是他完全知道了這間屋子的地形，他逕自向前走去。

在二樓，有好幾間房間，其中兩間是相連的，一間是陳寶明的書房，另一間是陳寶明的臥室，高翔來到了書房的門口。

他知道電燈隨時都可恢復光亮的，所以他必須保持行動的絕對迅速，他來到了書房前，便輕扭了一下門柄，門竟然沒有鎖。

高翔推門進去，書房中也是一片黑。

高翔才一開門進去，外面走廊中，已有燈光從門縫中透了進來，高翔知道，那是保險絲已經修好了，書房中也有了微弱的燈光。

書房中並沒有人，高翔立時來到了通向臥室的門口，他聽得陳寶明的聲音中充滿了憤怒，道：「又發生了什麼事？」

一個人答道：「電燈突然熄滅了，檢查的結果，是燒了保險絲，現在已經接好了。」

陳寶明「哼」地一聲，道：「我看，這不是意外！」

那人道：「陳先生，燒了保險絲，那是很普通的事。」

陳寶明厲聲道：「普通？為什麼平時不發生，偏偏發生在現在這種時候？我看，高翔只怕已進了屋子，你們全屋搜一搜！」

那人道：「陳先生，這是沒有可能的事！」

陳寶明喝道：「我僱用你們來保護我，你們就得聽我的命令，搜查全屋，誰捉到高翔的，我會給他巨額的獎金，快去通知他們！」

那人像是無可奈何地答應了一聲。

高翔的心中不免暗暗吃驚，因為陳寶明料事竟是如此精明。而在那幾句對話中，高翔也聽出了另一個說話的是什麼人。

那是一個本市出名的私家偵探，他主持一個規模相當大的安全服務社，現在在陳寶明的住宅中守護的，顯然全是那些人了。

高翔正在想著，自己應該怎麼辦，他忽然看到通向臥房的那扇門，門柄在轉動著，高翔在那時，實在沒有考慮的餘地了。他連忙身形一閃，閃到了長窗簾的後面。

那扇門接著打開，穿著鮮紅色睡袍，滿面怒容的陳寶明隨即走了進來，高翔將窗簾的中間，用一柄鋒利的刀割開了一道縫。向外看去。

他看到陳寶明在寫字檯前坐了下來，坐了大約一分鐘，他才亮著了檯燈，他將檯燈按低了一些，戴上了一副老花眼鏡。看樣子，他不準備睡覺了，高翔屏氣靜息地等著，只見陳寶明拉開了抽屜，取出了一大疊文件來，聚精會神地看著。

他看了大約十分鐘左右，將電話拉了過來，撥著號碼。高翔的心中不禁呆了一呆，這時候，陳寶明要打電話給什麼人？

在陳寶明撥了電話之後，高翔也可以聽到，那邊的電話響了很久，才「叮」地一聲有人接聽，對方的聲音似乎很發怒，道：「什麼人？」

陳寶明除下了眼鏡，道：「陳寶明！」

高翔不知道陳寶明的那個電話是打給什麼人的，但是他卻可以肯定，接聽電話的人，一定想不到陳寶明會打電話給他的。

因為那人在聽到了陳寶明報出了名字之後，足足呆了三二十秒鐘才有反應，高翔仍可以聽到他的話，他道：「你打電話來，有什麼事？」

陳寶明「嘿嘿」笑著，道：「邱翁，我看你們想在董事會中將我攆下臺的計畫，不能成功了！」

高翔一聽到陳寶明向電話中那樣說，他陡地緊張了起來。因為他已知道陳寶明的那個電話，是打給什麼人的了，那個被陳寶明在電話中稱為「邱翁」的人，就是寶記集團另外三個大股東之一，邱龍是最主張寶記集團和雲氏集團合併的人。

這次，召開寶記集團的特別董事會，也是由邱龍署名主持的，難怪邱龍在現在這樣的時間聽到陳寶明打電話來，會十分驚愕了！

高翔感到興奮的是，他早就斷定這一連串的謀殺，就是為了寶記集團內股權的爭奪，那麼，他快要有極重要的收穫了！

只聽得邱龍在電話中道：「陳先生，特別董事會還未曾召開，你有什麼把握那樣說？」

「你知道，我分出去的那些股票，已經幾乎全部收回來了，那樣，我就會掌握控制的股權，就可以擊敗你們的陰謀。」

邱龍乾笑著道：「我們也調查過了，徐將軍手中的股權是舉足輕重的，除非你能將他也殺了，不然，你的命運已註定了！」

陳寶明突然發起怒來，道：「你在放什麼屁？誰殺了他們？」

邱龍不住乾笑著，道：「那麼，他們為什麼會死？」

「那關我什麼事？」陳寶明怒吼著：「你講話得小心一些，小心我控告你誹謗！」

邱龍道：「你好像打官司打出癮來了，我看，等你自己成了被告時，除非你有通天的本領，不然，電椅正在等著你！」

陳寶明狠狠地罵道：「老混蛋！」

他一面大罵著，一面「砰」地一聲，放下了電話。

他在放下了電話之後，面色變得十分難看，喘了幾口氣，顯見得他的心中十分憤怒。

這一切情形，躲在窗簾後的高翔，全都看得清清楚楚，而這時他的心中卻也十分奇怪，奇怪何以陳寶明在聽到邱龍電話中對他那樣說之後，他的反應不是驚駭，而是極其的憤怒！

陳寶明坐了片刻，用一塊絨布抹著眼鏡。接著，他又撥著電話號碼。

這一次，當他撥通了號碼之後，對方的電話響了更久，才有人接聽，高翔聽到的，竟是徐健的聲音。

高翔不禁更加緊張起來，陳寶明打電話給徐健了！

徐健一面咳嗽著，一面道：「什麼人？」

陳寶明道：「徐老哥，是我。」

「你是——」

「徐老哥，怎麼連我的聲音，你也認不出來了？我是陳寶明啊！」

「噢，原來是你！」徐健的聲音很低沉，他「呵呵」地笑著，「你打電話的時間，倒揀得真不錯啊，誰在這種時候打電話的。」

陳寶明苦笑了一下，道：「徐老哥，我睡不著，所以打電話給你，現在夜闌人靜，我們可以好好地討論一下。」

徐健的聲音提高了些，是以高翔可以聽得更清楚，他聽得徐健道：「陳老弟，沒有什麼可以考慮的，我已經決定了！」

陳寶明的聲音也提高了不少，他道：「徐老哥，你決定了和我作對。」

「老弟！不是我和你作對！」

陳寶明抹了抹口，他道：「寶記集團現在的業務，雖然不是十分理想，但是獨立經營，總比和人家合併更好得多！」

「我的意見恰好相反，你不肯和人家合併經營，全然是為了你個人的聲譽，在合併之後，你個人的聲譽、地位，自然一落千丈！」

陳寶明的面漲得很紅，道：「就算我有自私的打算，你也應該支持我！」

徐健反問道：「為什麼？」

陳寶明吸了一口氣，道：「徐老哥，你別忘記，我們間的交情太深了，深到了你知道我太多，我也知道你很多的事！」

徐健呆了片刻，才道：「你算是在威脅我？」

陳寶明笑了起來，他笑得十分奸詐，道：「不敢說是威脅，但是我必須提醒你，你支持我，對你會有莫大的好處，簡直太大了！」

高翔聽到這裡，真恨不得立時衝出去，在陳寶明的面上打上一拳！

陳寶明實在太下流了，他不但謀殺了那麼多人，而且，他還在暫時沒有可能殺徐健的情形下，開始威脅起徐健來了！

高翔緊握著拳，他自然還有足夠的鎮定，知道他是不能在如今那樣的情形下衝出去的。他緩緩地吸了一口氣，傾聽徐健的反應。

只聽得電話中徐健的聲音道：「陳老弟，你難道也像殺別人一樣地殺我？」

陳寶明忽然大笑了起來，道：「徐老哥，你提到殺人，我忍不住要大笑了，請你原諒我，你知道，我為什麼要和高翔打官司，而且一定會贏？」

徐健道：「你不會打贏官司的。」

陳寶明卻重複著道：「我一定會贏，因為我只要——」

陳寶明才講到這裡，便聽得徐健突然道：「行了，別說下去了。」

陳寶明笑著，道：「是不是，我早已說過，我們兩人相互間實在知道得太深了！」

徐健對於陳寶明的那一句話，並沒有立即反應，是以他和陳寶明都沉默了好一會，才聽得徐健道：「好，你想怎樣？」

陳寶明道：「在特別董事會中支持我，那麼，我就可以擊敗邱龍，讓他們白高興一場。」

徐健又呆了片刻，才道：「好的。」

陳寶明又道：「徐老哥，這是我們大家有利的事！」

陳寶明放下了電話，用手抹著面，現出一種極度緊張後的鬆弛神情來，打了一個呵欠。

這時候，躲在窗簾後的高翔，心中實在是又驚又怒！

因為他不知道徐健有什麼把柄在陳寶明的手中，竟會只憑陳寶明的一個電話就屈服了，答應在特別董事會中支持陳寶明。

高翔同時也奇怪，自己和陳寶明的官司，和徐健又有什麼相干，為什麼陳寶明要特別提出這一點來，對徐健作一個說明？

高翔的心中疑雲迭生，一點頭緒也沒有。

這時，他急欲回去和木蘭花商量一下，但是陳寶明卻並沒有離開書房的意思，陳寶明一直在審閱著各種各樣的文件。

從陳寶明現在的生活情形來看，做一個大富翁，也並不是什麼值得羨慕的事，大富翁的生活，要比普通人更來得辛苦！

高翔的心中，不禁十分焦急，他不能一直等下去，他現在要離開書房的唯一辦法，就是要陳寶明先離開書房去。但是陳寶明顯然不準備再去睡了，而如果等到天亮，高翔離去的機會更少了！

高翔想了沒有多久，便有了決定，他慢慢揚起麻醉槍來，然而，扳下了槍機，極輕的一下聲音過處，一支麻醉針已射在陳寶明的臉頰上。

那種細小的麻醉針，在射中人的時候，感覺不會比被蚊子叮上一口更甚，陳寶明的視線仍然沒有離開他的文件，他伸手向臉頰上摸去。

但是，他的手還未曾摸到臉頰上，麻醉針的作用已經發作了，他的頭向下一低，便已伏在寫字檯上昏了過去。高翔忙過去將麻醉針拔了下來。

高翔知道，在兩小時之內，陳寶明是不會醒來的了，是以他放心從窗簾之後走了出來，他決定重施故技，將全屋的燈光弄熄，再走出去。

他又除下了陳寶明書桌上檯燈的燈泡，將一枚硬幣放了上去，然後開燈，屋中的燈光又熄滅了，高翔聽得門外有人罵了起來。

高翔立時向門走去，可是，他才來到了門前，便聽得電話鈴突然響了起來。

高翔不禁陡地一呆，他如果不去聽電話，那是會令人起疑的。

可是，他卻又不能在書房中耽擱得太久，因為守衛的人知道保險絲燒斷，是立時可以修復的，他呆了大約五秒鐘，才奔到書桌之旁，拿起電話聽筒來。

可是他卻並不將電話聽筒放在耳際，他只是一拿起來，就立時放了下去。那麼，不論電話是誰打來的，總曾先發一會怔，然後再撥號碼。

那至少要浪費對方大半分鐘的時間，而有了大半分鐘的時間，高翔可能已經出去了，電話鈴再響，也和他沒有關係了。

他一放下了電話，立時拉開了門，正俯身在欄杆上，向下問著，道：「怎麼了？是不是又燒了保險絲？」

下面有人道：「是的！」

高翔就在那兩人的背後走了過去，大模大樣地走到了樓下，黑暗中只見人來人去，也沒有人去注意他，高翔推開了廚房的門，來到了廚房中。

他看著有兩三支電筒，照在電表箱上，一個人正在整弄著保險絲，一面還在嘰哩咕嚕道：「他媽的，真邪，何以一連會燒了兩次？說不定真是高翔在屋中搗鬼！」

高翔走了過去，幾乎笑出聲來。

他拉開了通向後院的門，閃身而出，天色很昏暗幫了高翔的忙，他在門口站了一站，那兩個帶著狼狗的人，就在他面前站著。

高翔大聲道：「快進去看看！」

那兩個人轉過頭來，高翔偏過了頭，那兩人也不知高翔是什麼人，就牽著狗走了進去。

那兩人才一走進去，高翔便已來到後院的門前，扭開鎖，閃身而出。

他走出了陳寶明的大住宅，倚著門，大大鬆了一口氣。

然後，他向前奔出去，奔到了他的車邊。

他倚著車喘著氣，取出了那無線電通訊儀來，按下了掣。他按下那個掣，木蘭花那邊的儀器，就會發出一陣「滴滴」聲來。

他只等了半分鐘，便聽到了木蘭花的聲音。

木蘭花問道：「怎麼了？」

「我已離開了陳寶明的住宅。」

「有什麼收穫沒有？」

「有，太多了，我現在來和你談，方便麼？」

「可以的，你來吧。」

高翔收起了通訊儀，鑽進車子，車子以極高的速度向前駛去，不一會，駛到了郊外，只不過十幾分鐘，便已趕到了木蘭花的住所。

這時，正是黎明前天色最黑暗的時候，木蘭花住所的客廳燈火通明，高翔才來到鐵門口，便看到安妮披著厚厚的睡袍奔了出來，將鐵門打了開來，高翔道：「將你也吵醒了！」

安妮忙道：「來，快進來！」

高翔進了客廳，木蘭花將一杯滾熱的咖啡放在他的面前，高翔一連喝了三口咖啡，才鬆了一口氣，道：「天氣真冷！」

安妮忙道：「別談今天的天氣了！」

高翔笑道：「安妮，我覺得你有時像蘭花，有時又十足是秀珍。」

安妮近來看多了一些武俠小說，她立時道：「好啊，我這叫身兼兩家之長！」

高翔不禁給安妮逗得「哈哈」大笑了起來，木蘭花也笑道：「最怕是兩家之短，將我們不好的地方全都學了去！」

高翔笑了一會，道：「該講正經事了。」

木蘭花道：「你最好說得詳細一些，每一個細節都不要遺漏。」

高翔點著頭，他將自己到了陳寶明住宅之外，如何混進去，如何進入陳寶明的書房，如何聽陳寶明打了兩個電話等經過，詳細說了一遍。

在說到陳寶明和邱龍以及徐健通電話之際，他幾乎可以將兩個電話的對話，全部複述出。

高翔的記憶力本就十分驚人，他在聽雙方的對話之際，又是全神貫注，所以才能將之複述出來。

木蘭花一直用心聽著，高翔越是向下說，她的雙眉便越是蹙得緊，等到高翔說到徐健已受了陳寶明的威脅之際，木蘭花的眉心簡直打了結。

高翔講完之後，木蘭花好一會不出聲。

還是高翔忍不住道：「蘭花，我們是不是要去拜訪一次徐健，看看他究竟有什麼把柄，掌握在陳寶明這個殺人凶手手中！」

木蘭花又呆了半晌，才叫道：「高翔！」

她叫了高翔一聲，又呆了半晌。

高翔一直望著她，已等得有點心急了，木蘭花才道：「這件事，我看我們一開始就犯了一個大錯誤。」

高翔睜大了雙眼，道：「什麼錯誤？」

木蘭花的聲音十分低沉，道：「那是根本的錯誤！」

安妮也著急起來道：「究竟是什麼錯誤啊？」

木蘭花道：「是關於凶手的判斷！」

高翔的神情本來很緊張，但是聽到木蘭花那樣說，他反倒鬆了一口氣，道：「蘭花，我想你說得不對了，我們判斷凶手，怎可能犯錯誤？」

「我們判斷誰是凶手？」

「唉，蘭花，你怎麼啦，當然是陳寶明！」

木蘭花緩緩地搖了搖頭，道：「錯可能就錯在這裡，我想陳寶明不是凶手。」

「那是不可能的事，」高翔立時說：「陳寶明有著充足的殺人動機，他也有殺人的方法，他是個機械專家，為什麼不是他？」

木蘭花道：「高翔，你得冷靜一點想一想，陳寶明為什麼認為他和你的官司一定打贏，他要在什麼樣的情形下，才能打贏官司？」

高翔道：「除非他有足夠的證明，來證明警方對他的懷疑是無稽的。或者，他可以確鑿的證明，他並沒有殺過人。」

木蘭花道：「說得對。你再想一想，當他說到他在法庭中一定可以勝訴時，為什麼徐健會害怕起來？這其中道理，你不曾想一想？他要證明他自己不是凶手，就必須指出一個人是凶手！」

高翔陡地站了起來，道：「蘭花，你在說些什麼？難道你以為徐健是凶手麼？這實在太荒唐了，你為什麼會那樣想？」

安妮也道：「蘭花姐，這是沒有根據的，徐將軍有什麼動機？他要謀殺那些人，對他又有什麼好處？」

「這一點，」木蘭花徐徐地說：「我還不知道，但是我的懷疑，卻可以解釋一個疑點，那是為什麼我們到張教授家中去的時候，張教授不對我們提及陳寶明曾到他的學校實驗室去過！」

「為什麼？」

「因為陳寶明根本未曾到過他的實驗室，去放爆炸裝置的是另一個人。」

高翔仍然搖著頭，道：「你想說的人是徐將軍？但是這理由是不充分的，我也可以說，陳寶明是化裝前去的，張教授根本不知道。」

木蘭花道：「你說得對，我還不能提出確鑿的證據，來證明我所說的和我所懷疑的事——」

木蘭花講到這裡，站了起來，背負著手，來回踱著。

過了約莫兩分鐘，她才道：「高翔，你懷疑陳寶明是凶手，我提出新的懷疑是徐健，不論誰是凶手，他們都一定要謀殺對方，是不是？」

高翔笑了起來，道：「陳寶明會被人謀殺？太可笑了？」

木蘭花正色道：「別笑，不過，我也有點懷疑我自己的假定，因為如果徐健是凶手，他一定要迫不及待地去下手了。可是，直到你離去，也沒有什麼異樣。」

高翔本來已經坐下來了，可是他一聽得木蘭花那樣說法，他立時跳了起來，叫道：「蘭花，我忘了一件事，這件事我剛才沒有說。」

「什麼事？」一向鎮定的木蘭花也緊張起來。

高翔道：「我在快離開的時候，突然有一個電話打來，可是我卻沒有時間接聽，只是拿起聽筒來，立時又放了下去。」

木蘭花頓足道：「你沒有聽聽那電話是誰打來的？」

「沒有，當時我沒有時間聽電話！」

木蘭花抬起頭來看了看壁上的鐘，她嘆了一口氣，道：「不幸的事一定已經發生了，我想，陳寶明已經遭謀殺了！」

高翔不斷地搖著頭，這實在是無法令人相信的事！

但這樣的話，卻自木蘭花的口中講了出來，而且講得如此之確鑿，實在又不能令人不信，一時之間，高翔和安妮都望著木蘭花發呆。

這時，天已經亮了，木蘭花轉頭向窗外望去。

也就在這時，電話鈴突然響了起來。

高翔就站在電話機之旁，他順手拿起了電話來，只聽得方局長的聲音傳了過來，道：「蘭花，你這麼早就起來了？高翔是不是在你這裡？」

「我是高翔，局長。」高翔忙回答。

「高翔，事情有了極意外的發展！」

高翔忙吸了一口氣，道：「是不是陳寶明——」

「是的，」方局長不等高翔說完，便打斷了高翔的話頭，「陳寶明意外死亡，我們初步檢查，認為他可能是自殺的！」

高翔不由自主發出了一下呻吟聲來。

他急問道：「自殺？他是絕不可能自殺的！」

「為什麼？或者他表面上裝出不怕和你打官司的姿態來，實際上，他的內心卻十分恐懼，是以他便畏罪自殺了！」方局長回答著。

高翔苦笑了起來，他無法以簡單的言語，來向方局長解釋陳寶明絕不可能自殺的原因，但是他自己的心中，卻是再明白也沒有了！

陳寶明自然是不可能自殺的，因為他在離去的時候，先向陳寶明射了一針，陳寶明在兩小時之內昏迷不醒，一個昏迷不醒的人，怎會自殺？

「方局長，」高翔又問：「陳寶明是在什麼樣的情形下死去的？」

「手槍，他的頭頂中了一槍，而槍就在桌上，可疑的是，陳寶明中槍的地方是在頭頂，很少人自殺會選擇自己的頭頂開槍的，而且，他也沒有緊握著那柄手槍。」

「方局長，陳寶明是被謀殺的，快派人去包圍徐健的住宅！」高翔叫嚷著。

「徐健？」

「是的，他是凶手！」

「高翔，你不是在開玩笑吧！」

「絕不是，快派人去包圍他！」

木蘭花一步跨了過來，自高翔的手中接過電話來，道：「局長，我是蘭花，你不必派人去包圍徐健，我相信這件事一定還有極其驚人的背景，警方派人去包圍，反倒打草驚蛇，還是我和高翔兩人先去探索一下的好，你千萬別將剛才高翔說的話轉告第二個人！」

方局長嘆了一聲，道：「我完全糊塗了，好的，我現在在陳寶明的住所之中，請高翔一回警局，就立即向我報到！」

高翔就站在電話旁，他也聽到了方局長的命令，是以他大聲道：「是。」

木蘭花放下了電話，安妮忙道：「蘭花姐，我也去！」

木蘭花搖頭道：「安妮，現在我感到我們犯的錯誤不止一個，我們先是判斷錯了凶手是什麼人，但是，我們連犯罪的動機也判斷錯了，這件事，可能有著極嚴重的犯罪動機！」

高翔和安妮兩人，睜大了眼睛。

木蘭花的神情十分嚴肅，她又道：「我們一直未將徐健列為對象，所以也根本沒有注意他，徐健是提前退休的，高翔，相信你知道？」

「是的，他提前退休，因為國防部懷疑他可能和敵國掛勾，但是經過周密的調查，卻沒有證據，接著，徐健便以健康不佳為理由申請退休了。」

「可是事實上，徐健的健康極好，所以，我懷疑這件事一定有驚人的發展，安妮，你留在家中，隨時接受我們兩人的聯絡。」

安妮緊張地問：「蘭花姐，你的意思是，可能十分凶險？」

木蘭花點頭道：「是的！」

木蘭花將她身上的小型無線電通訊儀拿出，放在桌上，安妮接了過來，問道：「蘭花姐，如果你有了意外，那怎麼辦？」

「那就要靠你自己決定了，當然最好的辦法，是和方局長聯絡。」

安妮咬著指甲，點了點頭。

木蘭花和高翔一起向外走去，朝陽剛在那時升起，陽光照在人的身上，有一陣輕微的暖意。

木蘭花道：「徐健一定不知道你昨天晚上曾潛進陳寶明的住所，是以他絕想不到他會被懷疑，我們見到了他，也絕不可露出口風來。」

高翔一面點著頭，一面嘆息著，道：「這實是再也想不到的事。」

木蘭花先走到車旁，拉開了車門，他們兩人，一起進入了車中。

當木蘭花和高翔兩人來到徐健的住宅之前，跨出車子的時候，徐健在花園中澆花，那四個探員也在幫助徐健整理著花草。

徐健一看到高翔和木蘭花，就揮著手道：「兩位早！高主任，為了你的事，我昨天一整天都悶悶不樂，太豈有此理了！」

高翔聳著肩道：「我現在反倒好了，無官一身輕！」

他們一起推開了花園的矮門，走了進去，木蘭花道：「現在倒也不怕什麼了，反正這場官司，是再也打不下去的了。」

徐健像是未曾聽到木蘭花的話一樣，道：「兩位請隨便坐。」

木蘭花說那句話，聽來好像是全然無意，但其實卻是含有深意的。因為陳寶明的死亡在清晨發生，報上和電台的新聞報告，都還不可能提及這件事，除了警方的高級人員和陳宅中的人之外，沒有人知道陳寶明已死了。

如果徐健反問為什麼，那就表示他真的不知道，或者是在掩飾；如果徐健對木蘭花的行為一點也不表示懷疑，說一聲「是啊」，那就表示他早已知道了陳寶明的死。

他如果不知道陳寶明的事，如何會這樣問？而他如果已知道陳寶明死了，那他一定就是殺人的凶手了。因為若不是陳寶明死了，木蘭花的話就不能成立，只有陳寶明死了，這場官司才會打不下去，不了了之！

可是，木蘭花那句試探的話，卻沒有得到任何的結果，因為徐健既沒有反問「為什麼」，也沒有說「是啊」，他像是根本沒有聽到！

木蘭花自然不會蠢到繼續問下去，她如果再試探的話，那反倒著了痕跡了，她和高翔一起走進徐健住所的客廳去。

徐健放下了水壺，跟了進來。

木蘭花望著徐健，道：「徐將軍，如果我沒有記錯的話，你曾在工兵部隊中服務過。」

「是的，後來機械工程兵團成立，我是第一任的司令員。」徐健嘆了一聲，道：「可是，這些全是過去的事情了！」

高翔和木蘭花兩人互望了一眼。他們雖然沒有交換任何意見，但是他們的心中都在想，一個工兵部隊的軍官，自然是有著豐富的工程知識的人。那麼，他要製造巧妙的遠程控制的儀器。應該不是十分困難的事了。

木蘭花又道：「可是你現在的興趣，好像是在園藝方面。」

徐健低著頭，整理了一下沙發上的靠墊。由於他低著頭，所以木蘭花和高翔也無法看得清他臉上的反應如何。

他答道：「也不一定，我因為起得早，所以才種了些花，事實上，我還有一個小小的機械工程室，家中有很多精巧的裝置，全是我動手製造的。」

木蘭花笑道：「的確，那可以增加很多生活情趣，徐將軍，我們可以參觀一下你那工作室麼？」

「當然可以！」徐健愉快地回答著。

徐健答得那麼爽快，而且是他自己主動提出來有一間工作室的，這不禁使木蘭花皺了皺眉，因為這使她摸不透徐健的底。

徐健向一條走廊走過去，高翔和木蘭花跟在後面，他們經過了一條只有十呎長的走廊，徐健才推開了一扇門。

推開那扇門之後，徐健立時著亮了燈，在門上的是一道梯子，徐健一面向下走去，一面道：「我是利用地窖作我的工作室的。」

高翔和木蘭花跟著走了下去，到了樓梯下，徐健又著亮了另一支燈，整個地窖已變得十分明亮。高翔和木蘭花兩人四面一看，只見地窖中幾乎有著各種一應俱全的工具！

在那些工具之中，甚至還包括了一些小型的車床，和一座小型的刨床在內。

利用這些工具，幾乎可以製造出任何機械裝置來。

木蘭花笑道：「徐將軍，你將這裡稱之為小小的工作室，那實在太謙虛了！」

徐健也笑著，道：「這一切設備，是我退休的時候，工程兵團的官兵，全體捐錢買來送給我的，我雖然被上級懷疑通敵，但是下屬對我著實不錯！」

高翔道：「關於你通敵受嫌的一事，國防部早已有了澄清了。」

「沒有！」徐健有點憤然，「他們是說證據不足，並不肯證明我是清白的！」

木蘭花向前走去，東看看，西摸摸，她知道既然是徐健主動帶他們到這裡來，要發現一些什麼，是不可能的事情。但是，如果她裝成了十分有興趣的樣子，那或許能引起徐健的緊張，是以她仍然一面留意徐健對她行動的反應。

木蘭花一面留意著，一面又道：「徐將軍，你有那麼完善的機械製造設備，請問，你有一些什麼製成品，可以讓我們開開眼界？」

徐健道：「有！」

他順手拿起一柄槌子來，道：「這就是了！」

高翔坐了起來，道：「這是什麼，這只是一柄槌子！」

徐健也笑著，道：「高主任，如果你說這只是一柄槌子，那麼，你的觀察力未免太差了！你看，這是一柄槍，一柄特殊的槍！」

徐健一面說，一面揚起鎚柄來，手指在鎚柄的一個突出的紅點上，按了一按，一下不會比開一瓶汽水更響的聲響過去，在前面七碼處的一塊鋼板，「噹」地一聲響，已經穿了一個孔！

木蘭花和高翔兩人，都陡地吃了一驚！

因為這一切，實在來得太突然了！

製造這種秘密武器，就算是一個退休的將軍，也沒有這樣的權力，更何況這種武器的威力，還遠在普通的槍械之上！

徐健為什麼忽然要在他們的面前，表現這種秘密製造的槍械呢？唯一的解釋就是：他們兩人一來，就已被徐健看出了破綻！

木蘭花和高翔幾乎是同時想到了這一點的！

可是，當他們想到這一點的時候，卻已經遲了，徐健手中的那柄「槌子」，鎚柄已移了一移，對準了高翔，而高翔和木蘭花正站在同一直線上。

7 水落石出

從這柄「槌子」剛才射出的子彈，竟可以射穿鋼板這樣的厚度看來，如果徐健再發射一枚子彈的話，那麼，這枚子彈毫無疑問，可以穿過高翔的身體，然後，再將木蘭花射死的。

徐健一將鎚柄對準了高翔，便道：「別動，你們兩人！」

木蘭花立時笑了起來，道：「徐將軍，你是在開玩笑麼？我相信這種武器，一定是軍方委託你設計製造的，是不是？」

徐健立時冷笑道：「開玩笑？誰和你們開玩笑，你們兩人想來調查什麼，不妨可以直說了！」

木蘭花攤開了雙手，道：「我們要來調查什麼啊？」

這時候，木蘭花唯一的辦法，便是盡量裝著什麼也不知情，盡量表示自己根本未曾對徐健有絲毫的懷疑，那麼，或者還可以使徐健以為事情還可以隱瞞下去，而改變目前的局勢。

但是，木蘭花的企圖卻失敗了！

徐健立時冷笑了起來，道：「不必抵賴了，木蘭花，你在走進來的時候所講的第一句話，不是已在試探我是不是知道陳寶明的死訊了麼？」

一聽得徐健講出那樣的話來，高翔的耳際不禁響起了「嗡」地一聲，他立時道：「你這毫無人性的殺人凶手！」

徐健陰森地笑了起來，道：「你們終於承認來此的目的了，老實說，我十分佩服你們，我被懷疑，幾乎是不可能的事，你們向後退！」

高翔轉過頭去，向身後的木蘭花望了一眼，木蘭花緊抿著嘴，向高翔點了點頭，高翔和木蘭花一起向後退了開去。

高翔一面向後退，一面道：「我想不出你有什麼法子來處置我們。」

「你當然想不出！」徐健回答，「就要有你們意想不到的事發生了！」

徐健陡地踏前一步，右腳重重向地下踏去。

當他一腳踏下去之際，木蘭花和高翔兩人的身後，突然傳出一陣「滋滋」聲來，他們連忙回頭看去，只見他們身後的牆上，已出現了一道暗門。

牆上忽然出現了一道暗門，那還未必是木蘭花和高翔意料之外的事，可是接下來發生的一切，卻真出乎他們兩人的意料之外了！

只見暗門一開，從暗門之中，便走出四個手持手提機槍的大漢來。

徐健喝道：「你們先進去，我要上去對那四個探員說你們從後門走了，再來見你們！」

在四柄手提機槍的指嚇之下，木蘭花和高翔更沒有反抗的餘地了，他們只得走進了暗門之內。

徐健一面向地窖上走去，一面還在吩咐道：「叫他們兩人將手放在頭上！」

那四個持槍的大漢喝道：「聽到沒有？」

木蘭花和高翔深深吸了一口氣，同時將手放在頭頂，走進了暗門。

木蘭花和高翔才進暗門，暗門便已「滋滋」響著，自動關上。可是暗門雖然關上，他們的眼前仍然十分明亮，而且，他們所看到的情形，實在是令人難以相信！那是一條設備極其完善的地道！

那的確是木蘭花和高翔再也想不到的事，因為這裡是住宅區，而在徐健的房子之下，卻會有著那樣的一條地道！

那條地道不但有著完好的燈光設備，而且，也有著良好的通風系統，若不是他們已經置身其間，只怕有人對他們說了，也不會相信！

而在通道的兩旁，還有著五六扇門，那顯然是暗室了。從那種情形來看，這地道的存在，決不是近期間的事，而是已有了長遠的歷史的。

而且，從地道的寬宏和它的設備來看，那也絕對不是私人力量所能達到的！

木蘭花和高翔互望了一眼，他們雖然沒有說什麼，但是他們的心中都明白，軍方懷疑徐健和敵國有勾結，顯然不是空穴來風的事。

現在，徐健雖然已經退休了，但是他的住宅卻還掩護著敵國的秘密地下機構！這個秘密地下機構，只怕連軍部也一無所知！

這時，木蘭花和高翔的心中實是又驚又喜！他們喜的是，發現了這樣的一個重大的秘密，但是，令他們吃驚的卻是，他們既已知道這樣重大的秘密，那也就是說，他們的處境更危險了！

木蘭花和高翔在手提機槍的指揮下，來到了一扇門前，一到了那扇門前，那扇門便自動移了開來，門內是一間陳設極其華麗的辦公室。

在一張巨大的寫字檯之後，坐著一個面肉瘦削的中年人，那中年人的身後，還站著兩個人。

木蘭花和高翔才一走進來，那中年人便用陰森的目光，打量著他們兩人，然後，才冷冷地道：「歡迎你們到這裡來，請坐，我們可以慢慢談談！」

高翔立時冷笑了一聲，道：「不論你是什麼人，你都要立即向我們投降，你的末日到了！」

那中年人冷冷地道：「不是吧！」

高翔一聲冷笑，道：「正是！我們到徐健這裡來，警方也早知道了，如果我們突然失蹤，你想警方會採取什麼措施？」

那中年人雙手交叉著，放在桌上，道：「警方不會懷疑徐將軍的。」

高翔立時說道：「警方已經知道，徐健是凶手了！」

那中年人略震了一震，道：「那也不要緊，有你們和我在一起，我們總是安全的，我們還是回到老題目上來，好好談談，怎麼樣？」

高翔還想說什麼，但是木蘭花卻向他擺了擺手，示意他不要開口，她像是若無其事地問道：「好啊，我們談些什麼？」

那中年人道：「兩位請坐！」

高翔滿面怒容，但是木蘭花立時向他使了一個眼色，他們一起在沙發坐了下來，四柄手提機槍的槍口，仍然對準了他們。

那中年人講話的聲調，始終不急不徐，聽來很沉穩，這表示他是一個極工心計的人，他道：「我們的目的。是要控制寶記集團。」

他講到這裡，略頓了一頓。

木蘭花立時道：「那你們有什麼好處？」

那中年人笑了笑，道：「那是我們的秘密，而事實上，我們現在也已經可以做到這一點了，如果不是你們從中作梗的話。」

木蘭花和高翔兩人都不出聲，只是發出了一下冷笑聲來。

那中年人又道：「我們用巧妙的方法，殺了寶記集團的幾個主要的股東，最後，又安排了陳寶明的畏罪自殺，在那樣的情形，根據陳寶明當日出讓股權時的協議，所有的股權便都會落入徐將軍的手中，徐將軍就成為唯一的大股東了！」

木蘭花向高翔望了一眼，「哦」地一聲，道：「原來他們之間，還有那樣的一個協議！」

「是的，」那中年人說：「他們協議，佔寶記集團控制性的股權，要盡量設法不流出他們十一個人的手中，所以徐將軍有這種權利優先購買。」

高翔不由自主嘆了一聲，道：「我的調查還是做得不夠精密，我只知道陳寶明有優先收購股份的權利，卻未知道他們相互之間還有這個協議！」

木蘭花卻淡然一笑，道：「是啊，如果我們早知道了這一點，那麼，也不會一直鑽牛角尖，認定陳寶明就是凶手了！」

他們兩人自顧自交談著，彷彿他們根本不知身在險地，也彷彿他們只有兩個人，那中年人像是根本不在他們面前一樣。

那中年人皺了皺眉，略有不耐煩的神色，他又道：「我想，如果警方認為陳寶明畏罪自殺，這件事也不會再有人追究了。」

高翔冷笑著，道：「可惜，我已知道了誰是凶手。」

那中年人一伸手，在他的面前的筆座中，取下了一枝筆來，然後，又拉開了抽屜，取出了一本支票簿，將之打了開來。

他抬起頭來，望著高翔，道：「高先生，我想和平解決這件事，如果你肯的話，只要你說一個數字，我就可以照付！」

高翔的臉上立時現出了憤怒之極的神色來，霍地站了起來，但是他剛一站起，在他身邊的木蘭花，就拉了拉他的衣袖，搶先道：「你想賄賂高主任，那是最錯誤的打算！」

那中年人攤了攤手，道：「但是我卻認為這是最好的辦法，比將你們兩人殺死，要好得多。」

木蘭花笑了起來，道：「先生，你何必講一些連你自己也不相信的話？看來你不像是蠢人，何以你不明白，你根本不能殺死我們的道理？」

那中年人的面色，變得十分難看，但是，他還是在勉強地笑著，道：「蘭花小姐，你的話也不一定對，我們不是不能殺你，如果我們肯作一定程度的犧牲的話，你們兩人還是性命難保！」

木蘭花笑得更從容，道：「是的，我同意你的話，但你必須作重大的犧牲，你必須放棄控制寶記集團，尤須放棄這裡的秘密機構，必須放棄你們的最好掩護人徐健。我不妨大膽預測一句，先生，你的上級絕不會付給你那樣的權力！」

那中年人的面色變得更難看，木蘭花的話，顯然已說中了他心底深處的秘密，是以他的鎮定消失了，他握住了筆的手，在不由自主劇烈地發著抖。

從那樣的情形看來，受手提機槍指嚇的，倒不像是高翔和木蘭花兩人，反倒是那個中年人一樣，他顯得憤怒而狼狽！

高翔看到了這樣的情形，不禁「哈哈」一笑，坐了下來。

木蘭花續道：「而且，我也知道你們控制寶記集團的目的了！」

那中年人突然吼叫了起來，道：「你不可能知道！」

「我當然知道，」木蘭花針鋒相對地回答，「你們控制了寶記集團之後，就可以逐步將你們的人滲進寶記集團去，而更換原來的職員和工人，到最後，你們就可以利用寶記集團的生產設備，來為你們製造各種各樣的武器，供你們侵略輸出之用！」

那中年人的面色，變得難看到了極點！甚至他講話的聲調也變了，他立時厲聲道：「小姐，你太聰明了，你知道得太多，那對你來說，是一點好處也沒有的！」

木蘭花若無其事地笑著，道：「沒有好處？你錯了，大有好處才真，因為我知道了你們的目的，我知道你們不會輕易放棄，你們不會輕易放棄，那就表示我們兩人安全得很！」

木蘭花講到這裡，轉過頭去，道：「高翔，現在你明白了？真正反對寶記集團和雲氏集團合併的，不是陳寶明！」

高翔點頭道：「是的，陳寶明的剛愎和自傲，只不過自始至終被他們利用了而已，那主張合併的三個大股東，更是瞞在鼓裡！」

木蘭花笑道：「這件謀殺案到如今，可以說已經水落石出了！」

高翔道：「是，連它的幕後最高主使人也查明了！」

他們兩人又自顧自地說著，那中年人的面孔一陣青一陣白，顯見得他的心中又驚又怒，他陡地拍了一下桌子，喝道：「住口！」

木蘭花和高翔一齊向他望去。

從木蘭花和高翔的神情看來，他們兩人倒像是完全佔了上風一樣，那使這中年人的怒意更甚，他一字一頓地道：「你們每人一百萬元，夠了麼？」

木蘭花道：「別白費心機了！」

那中年人吼叫道：「你們該知道，如果你們不接受我和平解決的辦法，那只是自討苦吃，我們就算作出重大的犧牲，也還可以從頭來過！」

木蘭花冷笑著，用充滿了譏諷的聲音道：「還是去請示你的上級吧，你根本沒有這個權力決定這一切，而且，你是不是有撤退的機會，也很難說了！」

那中年人緊瞪著木蘭花，就在這時，桌上的一盞紅燈，突然閃亮了起來，那中年人伸手在一個掣上一按，房門打了開來。

只見徐健走了進來，徐健一進來就問：「怎麼樣？」

那中年人悶哼了一聲，算是回答。

徐健立時向木蘭花和高翔兩人望去，道：「兩位，告訴你們一個好消息，方局長已經帶著大批探員，到過我這裡了！」

高翔和木蘭花兩人，呆了一呆。

高翔立時道：「如果他來過了，你這個老狐狸，還會不被帶走麼？」

徐健呵呵笑了起來，道：「這個老狐狸，倒還有幾分狡猾，方局長已給我騙走了，你們果然已對方局長說過我才是凶手，但是你們說得太匆忙，未曾解釋其中的原因，是以方局長也根本不相信，所以我三言兩語就將他打發走了！」

徐健顯得十分得意，道：「我對他說，你們兩人來過，來的時候，指我為凶手，後來，你們發覺自己想錯了，向我道了歉，又離開了，所以，你們兩人如果突然消失的話，那和我們這裡是再也沒有關係的了，怎麼，這消息不壞吧！」

那中年人笑了起來，他的面色不再那麼難看了，他道：「簡直是好消息！」

木蘭花和高翔都不出聲。在剎那之間，他們兩人都在想，那是不可能的事！方局長可能是真的來過了，也可能是真的又離去了，但是卻絕不是如同徐健所想的那樣，憑他的三言兩語就將方局長騙了過去。

方局長是一個極有頭腦，經驗老到的警務人員，如果他竟那麼容易受騙的話，他怎能長久以來主持一個大都市的警政？精明的方局長，一定是猜到自己兩人已經出了事，是以他才率隊離去，暫時不出聲，然後，再在暗中設法救人的。

木蘭花和高翔只沉默了極短的時間，木蘭花便道：「那倒真要恭喜你們了，現在，為什麼還不命令槍手開槍？」

那中年人和徐健立時對望了一眼，在他們兩人的臉上，也不禁現出了猶豫的神色來。

這時候，自然可以不必再顧忌木蘭花和高翔兩人了，但是，他們卻也不是完全沒有顧忌，木蘭花和高翔究竟是極其重要的人物，如果他們兩人就此失蹤的話。這裡是他們最後出現過的地方，警方總會起疑心的，如果警方來一次大規模搜索的話……

徐健和那中年人顯然都是同時想到這一點的，是以他們在互望了一眼之後，那中年人笑了起來，道：「小姐，你倒很不怕死。」

木蘭花笑著道：「世上沒有不怕死的人，我只不過肯定我不會死而已！」

那中年人的面色又變了一變，但隨即又恢復了鎮定，抬起頭來，對那四個槍手道：「將他們帶到G室去，嚴密看守！」

那四個槍手立時齊聲喝道：「起來！」

木蘭花和高翔雖然從來也未曾想到過「屈服」兩個字，但不論是什麼人，在那樣的情形下，也只得聽從那四個槍手的命令。

他們站了起來，仍然在那四個槍手的指押之下，走出了這間房間。

他們兩人才一離去，徐健和那中年人的神色便陡地緊張起來，徐健立時來到了寫字檯前，道：「如何處置他們兩人？」

那中年人道：「你確信已騙過了方局長？」

徐健不禁呆了一呆，道：「事實上，他已離去了！」

那中年人一揮手道：「自然是殺了他們！」

徐健道：「自然，那還用說，絕不能留著他們，但是問題是如何下手，如果就在這裡將他們殺死，警方日後還會懷疑我們的。」

那中年人道：「我也想到了這一點，所以，我們要想一個巧妙的法子，先令他們離去，在另一個地方出現，然後再下手。」

徐健道：「最好在他們兩人死前，再仿效高翔的聲音，打電話給方局長，說他們已得到了新的線索，找到了真正的凶手，現在正在一處地方，要方局長立時帶人去，而等到方局長帶著人趕到的時候，發現的是兩個死人，那我們就可以完全脫去干係了！」

那中年人道：「對，這是最好的辦法，你有高翔聲音的錄音沒有？」

「有，電話可以分析出他的聲波幅度和音量來，要模仿他的聲音，並不是困難的事情，問題是我們在什麼地方下手。」

那中年人站了起來，背負著雙手，來回踱了幾步，道：「最好是在郊外，揀一處荒僻的地方，你心目中可有理想的地點？」

徐健只想了十幾秒鐘，便道：「有了！在郊外的一個小島上，那兒是海軍練炮的靶場，從來也沒有人到過，在那地方下手最好了！」

那中年人拍著徐健的肩頭，道：「快去準備！」

徐健說得不錯，方局長在接到了高翔的電話，聽得高翔在電話中說徐健才是凶手，又等了許久，仍未曾接到高翔的第二個電話，他的確帶著大批人，趕到過徐健的家中。而且，在徐健和他說了一番謊話之後，他也立即離開了徐健的家。

但是木蘭花也沒有料錯。方局長絕不是相信了徐健的話！

徐健是凶手，這話是高翔在電話中，親口對方局長講的，而且，在講那句話的時候，高翔是和木蘭花在一起的，高翔一個人的判斷或者還會有錯誤，但是高翔和木蘭花在一起，他們兩人同時發生判斷錯誤的可能實在是太少了！

而方局長之所以立時離去，是他一看到徐健那種毫不在乎的神情，和他所講的話，他已經料到木蘭花和高翔出了事！

木蘭花和高翔到這裡來過，他們自然是落在徐健的手中了。

方局長是十分老練的人，他知道，有木蘭花和高翔兩人在敵人的手中，他如果操之過急的話，那反而對兩人不利了！是以，他立時裝成相信徐健的話的樣子，而方局長由於根本不知道徐健犯罪行動的背景，是以他百密一疏，也未曾想到這樣一來，給木蘭花和高翔造成了更大的危機！

方局長在離開了徐健的住所之後，不是回到陳寶明的住宅，而是回到了他的辦公室。而且，立即通知了安妮、穆秀珍和雲四風三人。

安妮、穆秀珍和雲四風在十分鐘之內，趕到了方局長的辦公室中來。當方局長將經過的情形講了一遍之後，辦公室的氣氛變得十分沉重。

穆秀珍「霍」地站了起來，道：「那我們還等什麼？」

方局長道：「我已命幾個探員埋伏在徐健住所的周圍，一有異動，立時便向我直接報告，直到如今，還未有報告來。」

穆秀珍著急道：「方局長，如果蘭花姐和高翔已落在他的手中，就在他的屋子中，他也一樣可以對他們加害的！」

安妮咬著指甲，道：「那只怕不會，徐健不會在他家裡下手，因為那是蘭花姐和高翔哥最後出動的地方，他會有顧忌。」

穆秀珍道：「他是一個瘋狂的殺人凶手，還會有什麼顧忌。」

方局長皺著眉，道：「秀珍，徐健如果是凶手，那麼他不是一個瘋狂的凶手，他是一個冷靜之極的凶手，一個冷靜的凶手，在凶殺之後，必定先考慮到他行事之後，會有什麼後果！」

雲四風也著急道：「那怎麼辦？我們難道守著，等他們想出了完善的殺人方法時再採取行動？如果那樣，那就遲了！」

「當然不是那樣，我想，你們三人去見徐健，你們可以假托收到了木蘭花的秘密通訊，或者是類似的消息，才去找他的——」

方局長才講到這裏，安妮便「啊」地一聲，道：「唉，我也是太著急了，怎麼忘了，我和蘭花姐之間是可以通話的！」

她一面說，一面立時取出了那小型無線電通訊儀來，按下了一個紅色的掣，道：「蘭花姐，蘭花姐，你聽到我的聲音麼？」

她叫了好幾遍，可是自那小型無線電通訊儀中，卻只是發出了一連串的「胡胡」聲和「絲絲」聲來，並沒有木蘭花的聲音。

安妮急道：「那是怎麼一回事？」

雲四風道：「無線電通訊受了遏阻！」

方局長忙問道：「在什麼情形下，才會出現無線電受遏阻的情況？」

雲四風立即回答道：「有好幾個情形可以造成這種遏阻，但是現在，最大的可能，是厚的水泥層阻止了無線電波的正常發射。」

穆秀珍叫了起來，道：「那樣說來，蘭花姐和高翔可能是在地窖之中，方局長，如果地窖另有秘密出口，你安排的監視不是白費了麼？」

方局長也不禁臉上變色，他忙按了電話器的掣，道：「快來人，快！」

兩個高級警員立時走了進來。

方局長道：「你們快到工務局去，查一查在徐健居住的那一區中，是不是有著地道，或是類似的建築，快去，立即向我報告！」

那兩個高級警官，聽完方局長的命令，轉過身便奔了出去。

方局長站了起來，走了一圈，道：「你們也該出發了！」

穆秀珍根本不待方局長說完，便已來到了門口，雲四風和安妮兩人跟在她的身後，他們三個人，由雲四風駕著車，直向徐健的住宅而去。

木蘭花和高翔被四個槍手押著，離開了那間房間，他們也不知道那中年人口中的「G室」，究竟是一個什麼樣的所在。

他們被押著，在地道中走了十幾碼，在另一扇門前停了下來，一個槍手踏前一步，取出了一片磁性鎖片來，插進了一個孔隙之中。

當他取出了那磁性鎖片時，那扇門便打了開來，那扇門厚得出奇，足有一呎厚，門內一片漆黑，四個槍手喝道：「進去！」

木蘭花和高翔才一走進去，門便「砰」地關上。

而當門關上了之後，他們兩人的眼前，簡直一線光也沒有，高翔立時取出了一隻小電筒來，扳亮了，向四面照射了一下。

那小電筒發出的光芒十分微弱，但是因為他們所在的地方，實在太黑暗了，是以小電筒發出的光芒，也可以使他們看清他們所處的環境了。

那是一個極小的空間，四面全是粗糙的水泥牆，在那不到六呎見方的空間中，什麼也沒有，木蘭花已取出了無線電通訊儀來。

可是，當她按下了掣之後，她所聽到的，只是一陣「胡胡」聲，木蘭花苦笑了一下，道：「這裡的水泥牆太厚了，無線電波受了阻遏。」

高翔手中的電筒仍然在照射著，他發現了兩個拳頭大小的氣孔，也發現了四角裝著電視攝影管，他們的行動顯然在監視之中！

高翔關上了小電筒，在他們的面前，又是一片黑暗，高翔道：「蘭花，他們準備如何處置我們，你是不是想得到？」

木蘭花冷靜地道：「自然是殺死我們！」

「他們難道沒有顧忌？」

「自然有的，那便是他們為什麼暫時囚禁我們而不下手的道理，我想，他們正在想一個巧妙的謀殺方法，那也不會要太久的時間。」

「如果他們想出了辦法，那我們——」

8 密道逃脫

高翔並沒有再向下講去，而木蘭花也沒有接口，黑暗之中，一片沉寂。

高翔的那句話，實在是不需要再講下去的，只要對方想出了辦法，那麼，他們兩人的處境，實在是再危險不過了！

高翔在沉寂中，已拿了麻醉槍在手。

木蘭花像是已知道了高翔有什麼動作一樣，她道：「我看我們不會有什麼機會。」

高翔道：「這裡那麼黑暗……」

他才一句講完，黑暗突然消失，強光自四面八方照射了過來，高翔和木蘭花被照得連眼也睜不開來，接著，便聽得門被打開的聲音。

在那樣強光的照射下，高翔根本看不到任何東西，但是他一聽到了門打開的聲音，他還是接連扳動了四五下槍機，射出了四五枚麻醉針來。

他也無法知道自己射出的那四五枚麻醉針，是不是射中了人，只聽得門口響起了一陣怒喝聲，其中有徐健的聲音。

隨著怒喝聲，便是一陣驚心動魄的槍聲。

雖然子彈不是向著高翔和木蘭花掃射來的，但也一定是由門口射進密室中來的，接著，便是徐健的斷喝聲，道：「放下你們手中的一切武器！」

高翔將雙眼瞇成了一道縫，但就算這樣，在強光的照射下，他也至多不過看到了一些模糊的人影而已，他大聲道：「我手中的武器，不那麼容易放下的！」

他的話才一出口。便看到一條人影向他疾撲了過來，高翔的身子向後一退，正準備迎擊那人。但是在他身邊的木蘭花，反應卻比他更快！

木蘭花在強光的照射下，一樣也不能十分清楚地看清眼前的情形，但是有一個人撲了過來，她還是可以看得清的。

就在高翔的身子向後一退間，她已疾竄了上去，一腳踢出，那一踢，正踢在那撲過來的大漢的胸口，那大漢立時彎下腹去。

木蘭花的手肘再用力向下一沉，砰地一聲撞在那人的後腦上，那人倒在地上。

就在那時，只聽得門外有人道：「徐將軍，有三個人來找你！」

再接著，門便「砰」地關上，眼前又恢復了一片漆黑！

這一切，全是在電光石火之間發生的事，接踵而來，突兀之極！

由於剛才的強光實在太甚了，是以陡地又變成了一團漆黑之後，高翔和木蘭花兩人的眼前，現出了一團一團飛舞的紅色、綠色的光芒來。

高翔立時又按著了電筒！

那個大漢沒有機會退出去，他在地上呻吟著，高翔立時俯下了身，抓住了他的胸口，將他拉了起來。

那大漢受了木蘭花重重地兩下攻擊，人是在半昏的狀態之中，高翔將他提了起來，將小電筒交給了木蘭花，在那大漢的臉上重重摑了一掌。

那大漢睜開眼來，喘著氣，像是他還不知道自己是在什麼地方，木蘭花立時又在他的小腿骨上，重重地踢了一腳。

小腿骨的下半截，是神經匯集的地區，一被踢中，就會產生一陣劇痛，這種劇痛，當一個人在半昏迷時，是有刺激作用的，是以木蘭花一腳才踢了下去，那大漢便發出了一下怪叫聲來，雙眼睜得老大，道：

「我……我……你們想將我怎麼樣？」

高翔將那大漢的身子猛烈搖動了幾下，道：「帶我們出去！」

那大漢四面轉著頭看著，然後發出了一下哀鳴，道：「門已鎖上了，那是磁性門，在裡面是無論如何也打不開的！」

高翔一手抓住了那大漢的胸口，一手已在那大漢的腰際，搜出了一柄手槍來，木蘭花道：「放開他，他也無能為力。」

高翔又沉喝一聲問道：「剛才，你們想將我們怎樣？」

那大漢道：「我……我也不知道，是要將你們帶到一處地方去，可是我不知道是什麼地方。」

高翔一鬆手，用力一推，將那大漢推得向外跌出了幾步，才站穩了身子，高翔又喝道：「剛才有三個人來找徐健，是什麼人？」

那大漢縮到了密室的一角，道：「我不知道，我真的不知道！」

木蘭花來到了門前，仔細地審視了一下那道門，她立即發現，那道門是根本無法打開的，而除了那道門之外，密室又絕無別的通路！

木蘭花和高翔互望了一眼，他們沒有別的法子可想，只好等下去，靜待事情的變化。

木蘭花關掉了電筒，在黑暗中，只聽得那大漢濃重的喘息聲。

穆秀珍、安妮和雲四風三人，在徐健的客廳中等了足有五分鐘之久，才看到徐健的神色很不正常地匆匆走了進來。

穆秀珍一看到徐健，立時陡地站了起來。

雲四風和安妮連忙一起出手，拉著穆秀珍的衣袖，穆秀珍還是大聲叫道：「徐健，你知道我是什麼人麼？」

徐健呆了一呆，道：「這位是——」

「我是穆秀珍。」穆秀珍大聲說著。

徐健笑著，雖然他的手心在隱隱冒汗，但是他的神態看來卻很鎮定，他道：「原來是穆小姐，不知道有什麼指教？」

雲四風狠狠瞪著穆秀珍，穆秀珍已經開口要講話了，可是她一望到了雲四風的眼色，便知道雲四風的心中正在責怪自己，她「哼」地一聲，不再說什麼，又憤然坐了下來。

徐健是如何老奸巨猾的人，他雖然還未曾得到穆秀珍的回答，但是穆秀珍的神氣，已等於告訴他，她是為什麼而來的了。

可是徐健卻還是故意問道：「看來，穆小姐好像是在生氣，為了什麼？」

雲四風伸出手來，道：「我是雲四風！」

徐健「噢」地一聲，道：「原來是雲先生，久仰，久仰，如果寶記集團和雲氏集團合併的話，那我們就同是新集團的股東了。」

雲四風淡淡一笑，道：「徐將軍，我們正在尋找木蘭花和高翔！」

穆秀珍又跳了起來，道：「還用得著找麼？一定就在他這裡！」

徐健裝出一副不明白的神氣來，道：「穆小姐，我不明白你那樣說，是什麼意思？木蘭花和高翔是到我這裡來過！」

徐健講到這裡，略頓了一頓，又笑了起來，道：「他們兩人一來，就指我為凶手，實在是令我覺得莫名其妙。」

穆秀珍又道：「所以，你見事情敗露了，就將他們兩人拘留了起來！」

穆秀珍是那麼心急，是以將心中要講的話，一點也不保留地講出來，在那樣的情形下，可以說是一點幫助也沒有的。

是以，雲四風不得不提高了聲音，叱道：「秀珍，你少說一句好不好？事情還未曾弄清楚之前，你哇啦哇啦，有什麼用？」

雲四風和穆秀珍結婚以後，兩人的感情十分好，雖然夫妻之間，有時不免有一點小小的爭執，但雲四風卻從來也沒有用那麼嚴厲的口吻和穆秀珍說過話，一時之間，穆秀珍氣得說不出話來。

而雲四風的目的，正是要穆秀珍不要說話，至於穆秀珍是不是生氣，倒也無法顧及了，他忙又問道：「後來怎樣呢？」

徐健道：「那自然是很可笑的事，後來，我們談了一會，木蘭花突然說，想到了新的線索，是以立時和高翔一起離去了。」

「他們到哪裡去了？」雲四風再問。

「不知道，他們並沒有告訴我！」

雲四風來回踱著步，當雲四風在打著圈子的時候，徐健的身子跟著他在打轉，安妮在一旁冷眼旁觀，她可以看得出，徐健的心中十分緊張。

而雲四風也明知道徐健是在說謊，可是一時之間，他卻也想不出有什麼辦法，可以使徐健認罪，而木蘭花和高翔兩人又不致於受到傷害！

而在這時候，方局長在辦公室中，已經接到了他派到工務局去調查那一帶地下建築的那兩個高級警官打來的電話。

一個高級警官在報告他的調查所得，道：「局長，我查過了，那一區，在未曾成為住宅區之前，是一個規模很大的啤酒廠。」

「有地道麼？」方局長忙問。

「有，不是地道，是一個很大的地窖，本來是酒廠要來儲酒用的，但是，照說在改建住宅區之後，地窖應該填沒的了！」

「當時承建那一區住宅的是什麼建築公司？」

「是一家外商建築公司，我已查過，這家公司的業務已經結束了，但他們保留了六幢房子作為產業，包括徐健的住宅在內。」

「原來酒廠的圖樣還在不在？」

「在，我們已找出來了。」

「那地窖有幾個出口？」

「有兩個，一個是在……從地圖上對照起來，一個出口，就是現在徐健的住宅。」那警官回答著。「而另一個出口是在……」

「在哪裡？」方局長登時緊張了起來。

「找到了，照現在的建築地圖看來，原來地窖那另一個出口，銜接一個新的下水道，那下水道最近的出口，是在那條街的街尾。」

「行了，你們可以回來了。」方局長放下了電話，立時又按下了通話掣，道：「來人，通知在局中的便衣探員，立時開始緊急行動！」

在方局長的辦公桌上，早已攤著那一區的地圖，當幾個高級警官走進來時，他手中的紅筆，筆尖已經點在那條街的街尾部分了。

他對那幾個高級警官看了一眼，便道：「你們看，這裡，是徐健住宅的後街，那裡有一個下水道的鐵蓋，派人去監視那裡。」

一個高級警官問道：「派多少人？」

「所有的人！」方局長說：「高主任和木蘭花就在這裡的一個大地窖中，敵人可能會將他們帶離這一區，加以殺害！」

那幾個高級警官一聽得方局長那樣說，神情都緊張起來，事關高翔和木蘭花的生死，那實在不是一件普通的事情，他們立時走出了方局長的辦公室。

方局長在他們離去之後，又按下了通話掣，道：「準備我的車子！」

他吩咐完畢之後，也走出了辦公室。

十分鐘之後，方局長的座車，已經在徐健的住所門口停了下來，方局長才一下了車，便聽到穆秀珍和徐健的爭吵聲。

穆秀珍在大聲叫道：「快將他們兩人交出來，不然我要你好看。」

徐健的聲音很沉著，但是他的嗓門卻也不小，他道：「穆小姐，你這樣說法，已構成了刑事恐嚇的罪名，你又不是警方人員，我請你立時離去！」

穆秀珍大聲叫道：「你是殺人凶手！」

方局長急步走了進去，他看到穆秀珍的臉因為憤怒而漲得通紅，雲四風則在一旁頓著足，安妮在椅上坐著，咬著指甲。

方局長一進來，徐健便揚起頭來，道：「方局長，保護市民不受恐嚇和騷擾，我想這是警方應盡的責任，你來得正好！」

方局長道：「徐將軍說得對，秀珍，我請你們來徐將軍處，打探一下高翔和木蘭花的行蹤，你怎麼和徐將軍吵起來了？」

穆秀珍叫道：「他是兇手！」

方局長的面色陡地一沉，道：「秀珍，別亂說，這種話是隨便說得的麼？快和我一起回去，我們已有了新的線索。」

雲四風陡地一呆，道：「有了新線索？」

「是的！」方局長回答著：「我們快走，對不起，徐將軍，騷擾你平靜的退休生活，真不好意思得很，請別見怪。」

安妮叫道：「方局長。」

可是方局長已轉過身來，他在轉過身來之際，向安妮使了一個眼色，安妮是何等聰明的人。她立即明白方局長那樣說，一定另有用意，是以她也忙道：「秀珍姐，我們快走吧。另外有新的線索了！」

穆秀珍並未曾看到方局長的那個眼色，是以一時之間，她還不明白究竟有了什麼變化，她還是呆呆地站著，雲四風忙走過去，握住了她的手臂，道：「我們走吧！」

穆秀珍還在惱著雲四風，是以她用力摔開了雲四風的手，道：「別碰我，難道我自己不會走麼？還要你來帶我走路！」

雲四風苦笑了一下，穆秀珍已大踏步地走了出去，雲四風忙跟在後面，安妮和方局長也一起走了出去，他們四個人全上了車，車也立即駛走了。

車子一離開徐健的住所，雲四風便問道：「方局長，怎麼一回事？」

方局長道：「我們已查到，在徐健的住所底下，有一個很大的地窖，照說，這個原來屬於啤酒廠的地窖，現在是不應該存在的了，但是當時的建築公司，可能就是敵國的間諜集團組成的，他們秘密保留了這個地窖，作為活動的所在！」

安妮吃了一驚，道：「那麼，蘭花姐和高翔哥是在這地窖之中了？」

「極可能是。」方局長回答。

「那我們為什麼不衝進去下手，而要離去？」穆秀珍立時問。

「秀珍，」方局長沉聲道：「投鼠忌器啊！我斷定徐健不敢就在這裡殺害他們，一定要在別的地方，安排一種看去像是全屬意外的死亡，那樣，他才能完全脫去關係，繼續活動，我也已查到，那地窖另有一個出口，是通向下水道的。」

雲四風道：「他們會從這裡帶蘭花和高翔走麼？」

方局長道：「我想是，除非他們愚蠢到了會將人從正門帶走，我已命人埋伏在那地方了，現在，我們就到那地方去！」

車子突然又轉了一個彎，駛進了一條靜靜的街道。

徐健在目送方局長等四人離去之後，才大大地鬆了一口氣，他的額角上不由自主滲出了汗珠來，他也來不及抹，便回到了他的工廠中。

他才一在工廠中出現，暗門便打了開來，那中年人站在門口，緊張地問：「怎麼樣？」

徐健道：「我們得趕快下手了，看來方局長並不那麼容易被騙過，但就算他懷疑也好，他在接到了假冒高翔的電話之後，我們再在別處弄死木蘭花和高翔，他們也是找不到證據的了！」

那中年人道：「門口好像有很多探員！」

徐健道：「你怎麼了？我們另外有一條出路，是通向下水道的，隨便找一個出口就可以出去，誰知道我們的行蹤。」

「可是，他們兩人——」中年人仍在擔心。

「先噴麻醉藥進去，令他們昏迷！」徐健說著：「我就去打電話，電話一打到警局，警局中的人就會通知方局長的！」

那中年人轉過身，走了進去。他對著幾個槍手，呼喝道：「呆立在這裡作什麼，將麻醉藥從氣孔中噴進去，然後，將他們兩個人從密室中拖出來！」

兩個槍手答應著，返身走了開去。

那時，在密室中的高翔和木蘭花兩人，仍然一籌莫展。而漸漸地，他們嗅到了一股強烈的麻醉藥的氣味，木蘭花忙道：「掩住口鼻！」

高翔在黑暗之中，將一樣東西塞到了木蘭花的手中，道：「蘭花，快利用這呼吸，這是一小筒壓縮氧氣，可以維持二十分鐘！」

木蘭花忙將那筒壓縮氧氣咬在口中，她問道：「高翔，你自己呢？」

她並沒有得到高翔的回答，卻聽到了「咕咚」一聲響，高翔已經倒在地上，木蘭花忙俯身去拉高翔的手，當她拉到高翔的手時，她發覺高翔已昏了過去！

木蘭花握住了高翔的手，心中不禁好一陣的難過。

但是，木蘭花卻也沒有將時間浪費在難過上，她迅速地轉著念，她立即想到，敵人要令他們兩人昏迷，為的是是方便將他們帶走！

當然，敵人將他們帶走的目的，是想殺害他們！

那麼，在這樣的情形下，她如果假裝昏迷，對事情就有幫助，因為高翔昏了過去，所以使她不能在門一打開之際就採取行動。

她必須假裝昏迷，等待時機！

當木蘭花決定了這一點之後的一分鐘，她已聽到密室的門自動打開的「滋滋」聲，木蘭花連忙自口際取出了那筒氧氣來。

這時，在密室中仍然佈滿了麻醉氣體，木蘭花如果一呼吸的話，仍然會被麻醉過去的，但是她知道，自己立時就要被帶走了！

她可以屏住呼吸一分鐘，甚至於更久，只要出了那間密室，那就沒有事了。

她雖然屏住了氣息，但是卻仍然有一陣昏眩的感覺，是以當她倒下去的時候，姿勢倒是很自然的。

她才一倒下，門已打了開來。

她聽到了那中年人的聲音道：「快！快！」

她也聽到有人嗆咳著，走進密室來，將她和高翔兩人迅速地抬了出去，一出了密室，木蘭花就可以不必屏住氣息了！

她可以進行輕緩的呼吸，就像真的昏了過去一樣。

而她在一被抬了出來之後，立時就有人扶起她來，她將眼打開了一道縫，察看著情形，她看到另一個大漢負著高翔，走在前面。

在高翔身邊的是那個中年人。

那中年人的神情很緊張，手中握著一柄威力很大的軍用手槍，她沒有看到徐健，她想，徐健可能留在屋子中不走。

而除了那中年人之外，另外還有兩個槍手，那兩個槍手的手中並沒有槍。他們一行人，正向著地道的另一端走去。

木蘭花在看清了眼前的情形之後，心中迅速地在估計著，她可以在十秒鐘之內，制服負著她的那人和這兩個槍手。

但是，她卻無法應付那中年人。而且，那中年人的手中，有著威力強大的手槍，自己只要一動手，就算可以避得過他的射擊，昏迷不醒的高翔也一定要遭殃了！

木蘭花暗嘆了一聲，現在還不是動手的時候！

他們已來到了那地道的盡頭處，看來，那裡是沒有通路的，但是，那中年人打開了一扇門，卻是通向下的幾級石級。

在那幾級石級的盡頭，則是一扇只有四五呎高的鐵門。

雖然還隔著一道鐵門，但是木蘭花卻已可以聽到水流的聲音。而一聽到水流的聲音，木蘭花立時想到，那是通向一條下水道的。

木蘭花的心中不禁暗暗焦急，到了下水道中，她一樣不容易有下手的機會，看來，她只好等到出了下水道再說了。

從下水道出來，當然是馬路，在馬路上自己一動手，會引起路人的注意，那時候，成功的希望最大，總比現在沒有把握的好！

木蘭花在想著，一個槍手已經推開了那鐵門，一陣難聞的穢味撲鼻而來，污水在下水道中流著，在下水道的旁邊，有一條兩呎來寬的路，可以供人行走，他們在下水道中走著，腳步聲聽來，空洞而詭異，那中年人走在最前面。

那中年人一直向前走著。

當他來到第一道鐵梯旁的時候，他停了一停。

在那鐵梯上面，是一個圓形的鐵蓋，只要頂起那個鐵蓋，他們就會出街道去了。木蘭花的心中，也不禁緊張了起來。

可是，那中年人只是在鐵梯下略停了一停，便又繼續向前走了出去，負著高翔的那人，連忙也跟了上去，問道：「我們不在這裡上去？」

那中年人道：「走遠一些，安全點。」

那人道：「這裡很冷僻，若是走遠了，我們從地底下冒出來，正是鬧市的話，那怎麼辦？」

那中年人叱道：「少廢話！」

那人不敢再說什麼，一行人又繼續向前走了出去。

那中年人如果就從那鐵蓋處鑽出去，那倒好了，因為就在那圓蓋的附近，足足有七八十名扮成各色人等的便衣探員在！

而方局長、安妮、雲四風和穆秀珍也在附近，只等那圓鐵蓋一掀開來，他們就立即可以採取行動，對付敵人的了。可是他們等著，卻一點動靜也沒有！

穆秀珍又心急了起來，自言自語道：「也許，他們要等到天黑了才開始行動。」

雲四風忙道：「那我就等到天黑！」

穆秀珍一翻眼，道：「誰說不等了？」

雲四風知道她還在惱自己，心中只覺得又是氣惱又是好笑。

他、穆秀珍、安妮和方局長四人都在車中，而車子停在街角處。

他們又等了十分鐘左右，突然看到在離他們約有三百碼處，一個圓鐵蓋頂了開來，一個人已經從地下迅速竄了上來，奔向一輛車子。

那人的手法十分熟練，他一到了那輛車子旁邊，就弄開了車門，進了那輛車子，將車子駛近圓鐵蓋。這種情形，埋伏在附近的人，幾乎全看到了！

他們本來預料敵人會在附近的圓鐵蓋下鑽出來，卻料不到會在三百碼之外！雖然三百碼不算得是一個遠距離，但是那樣距離的阻隔，卻也使他們完全沒有辦法突加偷襲！

自然，埋伏在周圍的警方人員，有足夠的力量去進行包圍，但是，木蘭花和高翔兩人還在他們的手上，行動非千萬小心不可！

安妮一看到這等情形，急得連連咬手指。

方局長也忙道：「怎麼辦？怎麼辦？」

雲四風疾聲道：「有遠程來福槍沒有，快點給我！」

方局長忙在無線電話中複述了雲四風的話，一個賣花生的小販，立時推著車子走了過來，在他的手推車底下，取出一柄來福槍。

那時，三百碼外的那圓蓋已被頂了開來，那中年人已走了上來，幾個路人好奇地望著他，那輛汽車也已駛到了近前。

接著，便是一個人負著高翔，走了出來。

雲四風道：「我射倒那人，吩咐最接近的人準備衝刺，一定要快！」

雲四風的右眼對準了來福槍上的遠程瞄準器，那中年人就站在車旁，緊張地四面望著，就在他剛望到雲四風那一邊時，雲四風扳下了槍機！

槍聲突然響起，子彈的呼嘯聲動人心弦，那一槍，正射在中年人的面門上，中年人滿面是血，身子仰後便倒了下去。

幾個路人在剎那間，全驚得呆了！

而負著木蘭花的那人，在那一剎間，正冒出了地面一半，一聽到槍聲，他立時想縮回去，可是卻如何還有機會？

木蘭花一聽到了槍聲，也看到那中年人滿面鮮血倒了下去，就知道是援軍到了，她猛地一挺身，雙手抓住了鐵蓋的邊緣，用力一腳踢了出去。

那人發出了一聲怪叫，跌了下去，撞倒了另一個正攀著鐵梯走上來的槍手，兩人一起跌倒在污水之中，翻滾不已。

而木蘭花早在那一剎那，身子竄出了地面。

那個負著高翔的槍手嚇得呆了，另一個駕車的槍手見勢不妙，立時踏下油門，汽車向前直衝了出去。

可是他太心急了，汽車才衝出了幾十碼，便發出了轟的一聲巨響，撞在電線桿上！

那時候，幾個探員早已奔到了近前，穆秀珍、方局長的車子也已駛到，雲四風和安妮跳出了車來。

安妮撲向木蘭花，叫道，「蘭花姐！」

木蘭花拍著她的肩頭，道：「方局長，我看，這件案子已經結束了！」

方局長已在利用車中的無線電訊設備下達命令，道：「立即逮捕徐健，小心看管，通知總部，派特別囚車來將他帶回去！」

木蘭花道：「還有救傷車，高翔昏迷不醒，需要救治，方局長，我看還要和軍部聯繫一下，因為這案子的背景著實不簡單。」

方局長連連點著頭。

晚上，高翔已出了院，他一到醫院中不久，就醒了過來，他們所有的人，都齊集在方局長那間寬大的辦公室之中。

方局長道：「徐健在無可爭辯的證據之下，已招認了一切，那幾宗謀殺案，全是他一手造成的，那些遙控的殺人凶器，也全是他親手製造的，他知道陳寶明必然會造訪所有的人，是以他也跟著去看那些人，而我們卻不會注意他的行動！」

高翔多少有點慚愧，道：「我一上來就認定陳寶明是凶手，幾乎鑄成了大錯！」

木蘭花笑道：「可是他卻不認識張教授和梁梅生，所以他才只好在他們的工作地點謀殺他們，現在，白鳳小姐總算安全了，她可能完全不知道自己曾在死亡的邊緣！」

方局長道：「那死者的身分也已查明，是敵國的一個間諜頭子，他們的目的，是要在控制寶記集團之後，在本市設立一個秘密兵工廠！」

穆秀珍伸了伸舌頭，道：「好陰險的計劃！」

雲四風忙道：「現在不怕了。」

穆秀珍一瞪眼，道：「誰和你話說！」

雲四風笑道：「你呀，你是我的妻子，不和我說話，那怎麼成？」

穆秀珍道：「就是不說話，做賭氣夫妻！」

她自己話才說完，卻又忍不住「格格」笑了起來。若是說穆秀珍那樣性格爽朗的人，會一直生氣下去，那才是怪事了！

安妮搖著頭，道：「真想不到徐健會幹這樣的事！」

他們四個人一起離開了方局長的辦公室，只有高翔和方局長還要和軍方的代表會晤。

當他們走出警局時，已是萬家燈火了！

請續看《木蘭花傳奇》25 詭局

倪匡奇情作品集

木蘭花傳奇24還魂（含：復活金像、遙控謀殺）

作　者：倪匡
發行人：陳曉林
出版所：風雲時代出版股份有限公司
地址：10576台北市民生東路五段178號7樓之3
電話：(02) 2756-0949
傳真：(02) 2765-3799
執行主編：朱墨菲
美術設計：許惠芳
業務總監：張瑋鳳
出版日期：2024年5月
版權授權：倪匡
ISBN ：978-626-7369-67-8
風雲書網：http://www.eastbooks.com.tw
官方部落格：http://eastbooks.pixnet.net/blog
Facebook：http://www.facebook.com/h7560949
E-mail：h7560949@ms15.hinet.net
劃撥帳號：12043291
戶名：風雲時代出版股份有限公司

風雲發行所：33373桃園市龜山區公西村2鄰復興街304巷96號
電話：(03) 318-1378　　傳真：(03) 318-1378
法律顧問：永然法律事務所 李永然律師
　　　　　北辰著作權事務所 蕭雄淋律師

行政院新聞局局版台業字第3595號 營利事業統一編號22759935

定價：299元

國家圖書館出版品預行編目資料

還魂／倪匡 著. -- 臺北市：風雲時代出版股份有限公司, 2024.02　面；　公分.（木蘭花傳奇；24）

ISBN : 978-626-7369-67-8（平裝）

857.7　　112021906